Arena-Taschenbuch
Band 1907

Dan Höjer,
1964 geboren, arbeitet als freier Journalist und Jugendbuchautor. Bisher hat er zehn Bücher veröffentlicht über die verschiedensten Themen. Er liebt skurrile Dinge und gehört als Sänger und Texter auch zu einer Tango-Popband.

Dan Höjer

No problem!

Überlebenstraining für den Umgang mit Eltern, Lehrern und Verehrern

Aus dem Schwedischen von
Sarah Bosse

Mit Illustrationen von
Peter Butschkow

Arena

In neuer Rechtschreibung

1. Auflage als Arena-Taschenbuch 1998

Titel der Originalausgabe: »Livsviktigt!«
First published by AB Rabén & Sjögren Bokförlag,
Sweden, in 1996
Aus dem Schwedischen von Sarah Bosse

Umschlaggestaltung: Hans-Jürgen Feldhaus
Innenillustrationen: Peter Butschkow
Gesamtherstellung: Westermann Druck Zwickau GmbH
ISSN 0518-4402
ISBN 3-401-01907-4

Liebe

Wie man sich im
Dschungel der Liebe zurechtfindet

Was gibt es wohl Schlimmeres, als sich aus der Ferne Hals über Kopf in jemanden zu verlieben? Man möchte nur noch eins: mit dieser Person zusammen sein. Doch jedes Mal, wenn er oder sie sich nähert, verkrampft sich der ganze Körper, die Zunge kräuselt sich, der Schweiß sickert nur so durch die Poren und man kriegt nicht mal ein »Hallo« über die Lippen.

Eigentlich kann es ein ziemlich schönes Gefühl sein, wenn es in der Magengegend kribbelt und zwickt, sobald sich die große Liebe nähert. Aber sicherlich wäre es genauso lustig sich mit demjenigen auch mal zu unterhalten. Wenigstens, um herauszukriegen, ob er oder sie wirklich so wunderbar ist, wie man hofft. Das Schwierigste mit der Liebe ist oft das Allereinfachste – nämlich zusammenzufinden. Man schielt sich gegenseitig an, das Tagebuch füllt sich mit langen Liebesbriefen, man verliert sich in Tagträumen und Hoffnungen. Aber die Briefe werden niemals abgeschickt und meistens bringt man es nicht weiter als sich sehnsüchtig anzusehen.

Deshalb sollst du hier ein paar Tipps bekommen, wie du ihn oder sie fragen kannst, ob er oder sie mit dir gehen will. Denn auch wenn die Antwort Nein heißt, so ist es doch ein schönes Gefühl sich getraut zu haben. Und wenn man das dann auch noch auf richtig stilvolle Weise getan hat, dann kann man wirklich zufrieden sein.

DER ROMANTISCHE TYP

lädt ins Kino ein, arrangiert ein Picknick oder ein Abendessen. Wenn man ein Weilchen geplaudert und die schlimmste Nervosität überwunden hat, schlägt man zu. Fünf Wörter sollte man dann mit viel Gefühl sagen: »Willst du mit mir gehen?« Vergiss nicht dem oder der Angebeteten in die Augen zu

schauen, wenn du fragst. Manchmal braucht man nicht einmal zu fragen. Plötzlich ist man trotzdem zusammen.

DER SCHÜCHTERNE TYP
schickt einen Freund mit einem Strauß Rosen los. Aber vergiss dabei nicht eine Karte mit Absender beizulegen. Ansonsten besteht die Gefahr, dass deine Angebetete mit dem Freund zusammenkommt, der die Rosen überreicht hat.

DER ERFINDERISCHE TYP
wickelt sich selbst in Geschenkpapier ein und legt sich vor die Haustür der oder des Auserwählten. Es ist schließlich immer toll, wenn man Geschenke bekommt. Aber vergiss nicht ein Loch zum Luftholen zu lassen, sonst könnte es für denjenigen, der das Geschenk auspackt, eine unangenehme Überraschung geben.

DER THEATERINTERESSIERTE
und deswegen überromantische Typ stellt sich unter den Balkon der Angebeteten. Dort steht er dann wie Romeo und versucht seiner Julia begreiflich zu machen, wie sehr er sie liebt. Trag ein Liebesgedicht vor, sing ein Lied oder improvisiere etwas. Mach, was du magst, um sie davon zu überzeugen, dass du ihr Traumjunge bist, ihr persönlicher Romeo.

MACH ES WIE EVA
in der Bibel: Biete deinem Traumjungen eine kleine Frucht an. Doch wenn du Pech hast, wirst du hinausgeworfen. Eva hat schließlich mit einer verbotenen Frucht gespielt, indem sie Adam einen Apfel anbot, und – schwups! flogen sie schon aus dem Garten

Eden. Trotzdem wurden Adam und Eva glücklich und bekamen mehrere Kinder.

Mit wem?

Ist man sich nicht ganz sicher, mit wem man gehen möchte, kann man sich eines alten Aberglaubens bedienen, um es herauszufinden. Was nicht heißen soll, dass Weissagungen immer eintreffen, aber diese Tipps sind es absolut wert, ausprobiert zu werden:

Der Schuhtrick

Will man wissen, aus welcher Himmelsrichtung der oder die Geliebte kommen wird, wirft man den rechten Schuh über die linke Schulter. Das ist ein uralter Brauch aus Schweden. Dann braucht man nur noch in die Richtung Ausschau zu halten, in die die Schuhspitze zeigt. Plötzlich steht er/sie einfach da.

Ein anderer Schuhtrick kommt aus Finnland. Dort wirft man den linken Schuh an die Tür, ehe man schlafen geht, und lässt ihn da die ganze Nacht liegen. Und wenn man vor dem Einschlafen noch daran denkt, weder zu lachen noch zu reden, wird man im Traum seine zukünftige große Liebe sehen.

Ein dritter Schuhtrick besteht darin, drei Donnerstagnächte hintereinander mit Stiefeln bekleidet zu schlafen. In der dritten Nacht kommt der oder die zukünftige Geliebte und zieht einem die Stiefel aus (auch aus Finnland).

In Norwegen läuft man am Weihnachtsabend drei Runden ums Haus und lässt dabei die Schuhe auf der Vortreppe stehen. Nach der dritten Runde soll dann der oder die Zukünftige in den Schuhen stehen.

In Deutschland stellen sich die Mädchen nackt vor den Spiegel und werfen ihre Schuhe hinter sich. Dann können sie angeblich ihren Zukünftigen im Spiegel sehen.

Der Buchstabentrick

Aus Schweden kommt der Buchstabentrick:
Schneide die Buchstaben des Alphabets aus und lege alle 26 in der richtigen Reihenfolge unter dein Kopfkissen. Wenn du am nächsten Morgen aufwachst, musst du dein Kissen über den Kopf ziehen, sodass

einige Buchstaben mitfliegen. Wo das Kissen lag, steht nun der Name deines Geliebten (nicht immer in der richtigen Reihenfolge).

In Finnland nimmt man am Morgen aufs Geratewohl zwei Buchstaben heraus. Sie sollen angeblich die Initialen desjenigen zeigen, den man heiraten wird.

Äpfel schälen

Schäle einen Apfel, sodass die gesamte Schale eine zusammenhängende Schlange bildet. Lass die Schalen dann dreimal wie einen Hubschrauber um deinen Kopf kreisen und wirf sie schließlich nach hinten weg. Der Apfelschalenstreifen stellt nun einen Buchstaben dar – den ersten Buchstaben aus dem Namen desjenigen, in den du dich verlieben wirst (altes Brauchtum aus Schweden).

Grube graben

Grab eine Grube aus und leg rundherum sieben Steine direkt an die Kante. Jeder Stein bekommt den Namen eines Menschen, mit dem man gern zusammen sein würde. Derjenige, dessen Stein in der

Nacht in die Grube fällt, wird dein Geliebter (altes finnisches Brauchtum).

Hundert weiße Pferde

Ein alter Trick ist es weiße Pferde zu zählen. Wenn man bei hundert anlangt, ist die Stunde der Wahrheit gekommen. Die erste Person, die man dann bei der Hand nimmt, wird man heiraten. Weil es aber in den Städten so wenige weiße Pferde gibt, kann man auch stattdessen weiße Laster oder weiße Sportwagen zählen.

Wie?

Wie bringt man den oder die Angebetete(n) dazu, einen ebenfalls zu mögen? Das ist nicht immer so einfach, aber da gibt es ein paar alte Kniffe, die einem dabei helfen können. Kniffe, die jahrhundertelang erprobt worden sind.

Der Haartrick

Sieh zu, dass du ein Haar vom Schopf der oder des Geliebten erwischst.

Flicht es dann in dein eigenes Haar ein. Innerhalb weniger Tage wird der oder die Auserwählte mit verliebtem Blick vor deiner Tür stehen und um Einlass bitten (alte bewährte Methode).

Liebestränke

Mach es wie Tristan und Isolde in der mittelalterlichen Rittersage: Tristan hatte den Auftrag Isolde zu seinem Herrn zu führen und ihr einen Liebestrunk einzuflößen, sodass sie sich in den Ersten verlieben sollte, den sie sah – der stattliche Herr erhoffte selbst derjenige zu sein. Aus Versehen schlürfte aber Tris-

tan diesen Trunk und wurde vollkommen verrückt vor lauter Liebe zu Isolde, die der erste Mensch war, der ihm vor die Augen kam.
Diese Liebesgeschichte endet eigentlich tragisch. Aber du hast sicher mehr Glück. Mische einen Liebestrunk und versuche deine(n) Angebetete(n) dazu zu bringen, davon zu trinken. Der Inhalt kann dabei variieren. Mische ihn einfach nach deinem Geschmack und nach dem, was zu Hause an Ess- und Trinkbarem zur Verfügung ist. Während der Zubereitung flüsterst du seinen oder ihren Namen leise

vor dich hin. Du kannst auch gut etwas von dir selbst mit hineinmixen. Verbrenn dafür eine Haarsträhne oder etwas Ähnliches.
Dann kommt allerdings das Problem deine(n) Auserwählte(n) zum Trinken deiner Spezialmischung zu bewegen. Aber das Problem musst du selbst lösen. Manchmal funktioniert der Liebestrunk, so wie man es will, aber nicht immer. Wenn du keinen Unterschied bemerkst oder wenn sich die betroffene Person mit Magenkrämpfen auf dem Boden windet, musst du wohl eine neue Sorte mit anderen Zutaten mischen. Viel Glück!

Rezepttipp

Löse einen Brühwürfel in zweihundert Milliliter kochendem Wasser auf.
Rühre folgende Zutaten hinein:

- ✓ einige Tropfen Ketschup
- ✓ etwas Tabasco
- ✓ eine zerdrückte Banane
- ✓ 1 dl Buttermilch
- ✓ etwas Tunke aus einer Dose Heringe, am besten von Senfheringen.

Kratze schließlich ein paar Flusen aus deinem Nabel und rühr sie unter. Jetzt kannst du deinem Geliebten den Trunk anbieten!

Was tut man, wenn man miteinander geht?

Wenn einem das Kunststück gelungen ist jemanden zu erobern, kann man wirklich zufrieden sein.
Aber dann gibt es vielleicht trotzdem ein Problem: Was macht man eigentlich, *wenn* man zusammen ist?
Gibt es da irgendwelche Regeln, denen alle Paare folgen? Üblicherweise geht man ins Kino. Aber wenn man das sieben Tage in der Woche macht, wird es langweilig und ziemlich teuer. Da muss man sich andere Sachen ausdenken, die Spaß machen!
Das Erste, was man versuchen kann, ist nichts zu tun. Wenn einem das gelingt und man zusammen trotzdem Spaß hat, dann kann man sicher sein, dass man den Richtigen gefunden hat.

Der häufigste Grund, warum Erwachsene sich scheiden lassen, ist, dass sie es nicht ertragen einfach nur zusammen zu sein. Sie gehen sich auf die Nerven und fangen an zu streiten.

Küssen

Das Nichtstun funktioniert aber auch nicht ewig lange. Deshalb ist es immer gut noch etwas Tolles auf Lager zu haben. Eine lustige Freizeitbeschäftigung ist Küssen. Wenn man es vorher noch nie getan hat, dann kann man erst mal mit Knutschen anfangen. Schürz deine Lippen und schmatz, wenn du die Lippen des anderen berührst. Dabei kannst du verschiedene Schmatzlaute ausprobieren: leise Küsschen, die man im Kino anwenden kann, mittellaute und richtige Knall-Schmatzer.

Der Unterschied zwischen Küssen und Küsschen

geben ist, dass man beim richtigen Küssen die Zunge einsetzt. Dabei gibt es tausend verschiedene Variationen. Es kommt eben darauf an, mit demjenigen, den man liebt, seine eigene spezielle Kusstechnik herauszufinden. Man kann die Zunge weit in den Mund des anderen stecken und darin kreisen oder sich auch nur mit den Zungenspitzen berühren. Wenn man darin keine Übung hat, kann man auch einfach den Mund öffnen und mit der Zunge den Bewegungen des anderen folgen. Schließ deine Augen und genieß es.

Kussspiele sind ein toller Tipp. Wenn ihr nichts vorhabt, du aber Lust auf Küssen hast, dann schlag doch einfach Kuss-Poker vor. Jedes Mal, wenn einer eine Partie verloren hat, muss er den anderen, der die Augen verbunden bekommt, küssen. Überrascht euch mit verschiedenen Kussgeschmäcken oder mit verschiedenen Kussarten. Verschiedene Geschmäcke erzeugt man einfach dadurch, dass man vor dem Küssen Süßigkeiten oder etwas anderes mit starkem Geschmack futtert. Lakritzküsse sind ein Erlebnis, das man nicht so schnell vergisst.

Es gibt auch Tipps für Leute, die das Küssen alleine üben wollen. Nimm dazu eine Tomate. Schneide ein Loch hinein und übe, indem du die Zunge hineinschiebst und herumbewegst. Man kann auch andere Früchte mit weichem Fruchtfleisch dazu benutzen. Wähl einfach eine Frucht nach deinem Geschmack aus.

Vergleicht euch gegenseitig

Wenn man das Küssen leid ist, kann man sich dem gegenseitigen Aufspüren von unverkennbaren Merkmalen widmen. Beginnt damit, eure Hände zu vergleichen. Da gibt es nämlich mehr zu entdecken, als man ahnt. Die Hände deines Geliebten können zeigen, ob ihr wirklich zusammenpasst. Aber tut das nur, wenn ihr es euch wirklich zutraut. Miteinander die Hände zu vergleichen kann nämlich auch Unglück bedeuten.

Finger

Lange, dünne Finger bedeuten bei Mädchen nach einem alten Volksglauben, dass die Person künstlerisch begabt ist. Jungen mit langen und schmalen Händen sollen dagegen besonders vernarrt in Frauen sein. Das sollte dich vorsichtig machen.
Knubbelige Finger zeigen, dass man philosophisch veranlagt ist. Wenn man also keine Lust darauf hat, sich ausschweifende Ergüsse über das Leben anzuhören, dann sollte man sich vor »Knubbelfingern« in Acht nehmen.
Weiße Flecke auf dem Daumen bedeuten, dass die Person ehrlich ist. Sitzen die Flecke auf dem Mittelfinger, hat die Person Glück in der Liebe, auf dem Ringfinger bedeuten sie, dass man ein Geschenk bekommt und auf dem kleinen Finger, dass man Neuigkeiten erfährt.

Kinn

Werden einem die Finger zu langweilig, dann kann man zum Kinn übergehen. Ein vorstehendes Kinn zeugt von Willenskraft, während ein kleines, flaches Kinn aussagt, dass die Person schwach und unsicher ist. Ein spitzes Kinn weist auf eine listige Person. Ist das Kinn kantig, ist man kaltblütig, klug und berechnend.

Ohren

Danach geht ihr zu den Ohren über. Hat man gewaltige Ohren, deren oberer Teil besonders groß ist, spricht das dafür, dass man ängstlich und unsicher ist. Große Ohren, die sich ein bisschen nach vorne biegen, weisen auf Musikalität hin. Stehen die Ohren ab, so hört man gut und hat ein gutes Gedächtnis.

Hat man dicke Ohren mit Haaren darin, so liebt man jede Form von Genuss.
Früher hielt man ein Ohr dann für normal groß, wenn es genauso lang war wie die Nase. Hatte man dummerweise zu kleine Ohren, wurde einem nachgesagt, man sei geizig und ängstlich und habe ständig Sorgen.

Tricks

Wie man dem anderen imponiert

Wenn es mit dem guten alten ehrlichen Charme oder Schmeicheleien nicht klappt, wenn sich deine Auserwählte auf dem Klassenfest in einen anderen total verguckt, dann ist es gut, wenn man noch ein paar andere Mittel kennt. Ein Vorrat an Tricks ist immer von Vorteil. Es dauert gar nicht lange und du hast eine Horde um dich versammelt, die sehen will, wie du das Unmögliche schaffst. Hier sind ein paar Spezialtricks, mit denen du immer einen Treffer landest.

Der Seifentrick

Bereite dich vor, indem du dir die Zahl 1 089 mit gewöhnlicher Seife auf einen Arm schreibst. Dadurch ist die Schrift unsichtbar. Dann starte eine große Show. Erzähl allen, dass du ein Zauberer bist und außerdem ein Mathematikgenie.

Bitte einen der Gäste, vielleicht auch den, den du besonders magst, sich eine dreistellige Zahl auszudenken, bei der keine Ziffer zweimal vokommt. Dabei soll die Zahlengröße von vorn nach hinten abnehmen. Bitte diese Person die Zahl aufzuschreiben, ohne dass du es siehst. Dann soll sie diese Zahl noch einmal umgekehrt unter die erste Zahl schreiben.

Bitte die Person die untere Zahl von der oberen abzuziehen. Dann soll die Person dasselbe noch einmal mit dem Ergebnis tun, nur dass sie diesmal addieren muss und nicht subtrahieren. Sag den Zuhörern, sie sollen sich dieses Ergebnis merken. Nimm einen Zettel und verbrenn ihn in einem Topf. Dann reibe mit der Asche den mit der Seifenzahl vorbereiteten Arm ein. Simsalabim, auf deinem Arm erscheint die Antwort. Komischerweise kommt nämlich immer die Zahl 1089 heraus. Das Publikum aber glaubt, du seist ein Zauberer.

Und schon hast du deine(n) Geliebte(n) mächtig beeindruckt.

Beispiel:	
Gewählte Zahl	723
Umgedrehte Zahl	- 327
Differenz	396
Differenz	396
Umgedrehte Zahl	+ 693
	1089

Gedankenübertragung

Erklär deinen Freunden, dass du übernatürliche Kräfte hast und du Gedanken lesen kannst! Wähle einen deiner Kumpel aus und mache vorher ein heimliches Zeichen mit ihm ab, zum Beispiel eine Farbe.

Bitte deine Freunde sich gemeinsam eine Sache im Zimmer auszusuchen, die du dann herausfinden sollst. Während sie sich einigen, gehst du hinaus. Wenn du wieder hereinkommst, zeigt dein Komplize eine Sache nach der anderen und fragt: »Ist es das?« Du sagst so lange Nein, bis ein Gegenstand in der vereinbarten Farbe drankommt. Dann weißt du, dass das nächste Teil das richtige ist. Es ist fast unmöglich hinter diesen Trick zu kommen.

Der Schnellrechner

Ein Rechenspiel, mit dem man schnell Eindruck machen kann, ist Folgendes.

Schreibe die unten angegebenen Zahlen auf und bitte jemanden gegen dich im Schnellrechnen anzutreten. Er oder sie darf dabei gerne einen Taschenrechner benutzen.

Du brauchst gar keinen, kannst du ein wenig großtuerisch behaupten.

7 x 15.873 =

14 x 15.873 =

21 x 15.873 =

28 x 15.873 =

35 x 15.873 =

42 x 15.873 =

49 x 15.873 =

56 x 15.873 =

63 x 15.873 =

Die Ergebnisse sind leicht zu behalten. Es kommt nämlich heraus:

111111

222222

333333

444444

555555

666666

777777

888888

999999

Das magische Quadrat

Bist du eher etwas zurückhaltend und willst keine große Show veranstalten?

Dann kannst du mit dem magischen Quadrat glänzen. Zeichne ein Viereck mit neun Feldern darin auf. Bitte jemanden die Zahlen von 1 bis 9 hineinzuschreiben, sodass die Summe in jeder Zeile oder Spalte oder Diagonale immer 15 ergibt.

Die einzig mögliche Lösung ist:

6	1	8
7	5	3
2	9	4

Das schwimmende Ei

Dies ist ein naturwissenschaftlicher Trick. Dazu brauchst du einen Topf mit ein wenig Wasser darin, ein rohes Ei und Salz.

Fordere einige Freunde heraus. Sag ihnen, dass du das Ei zum Schwimmen bringen kannst, aber sie nicht. Wenn sie es ein paar Mal versucht haben, ohne dass es ihnen gelungen ist, und schon vor Wut mit den Zähnen knirschen, zeigst du deinen Trick. Streu langsam Salz ins Wasser. Wenn du ausreichend viel hineingestreut hast, so beginnt das Ei zu schwimmen. Aber denk daran, dass du einiges an Salz brauchst. Salzwasser ist schwerer als Süßwasser. Deswegen sind Gegenstände im Salzwasser leichter.

Überflüssiges Wissen

Falls du einmal in die Patsche gerätst, ohne etwas zur Hand zu haben, was man für gewöhnlich braucht, um Eindruck zu schinden, so kann es von Nutzen sein ein wenig überflüssiges Wissen im Schädel zu haben. Mit so etwas kann man oft glänzen. Wirf es nett und ganz nebenbei während eines Gespräches sein. Sag zum Beispiel: »Apropos . . .: Wusstest du eigentlich, dass Lill Lindfors und Svante Thuresson beim Grand Prix de la Chanson 1966 in Luxemburg Zweite geworden sind? Ihr Lied hieß ›Nygammal vals‹.« Dann tust du ganz erstaunt darüber, dass der andere keine Ahnung von dieser Selbstverständlichkeit hatte. Solltest du ein Mädchen treffen, das Lena heißt, kannst du immer damit einhaken: »Ach, was für ein hübscher Name. Dann heißt du ja genauso wie der zwölflängste Fluss der Welt. Der Fluss Lena fließt vom Baikalgebirge zum Nordpolarmeer und ist exakt 4 270 Kilometer lang. Wusstest du das nicht?«

Sollte jemand darüber klagen, dass es draußen kalt und ungemütlich ist, kannst du folgendermaßen zuschlagen: »Das ist gar nichts gegen den Lucia-Tag 1941 in Laxbäcken. Da waren es 53,5 Grad minus. So tief ist das Quecksilber seither in Schweden nicht mehr gesunken. *Das* nenne ich kalt.«
Falls ihr über Sport redet, dann lass deine Kameraden wissen, dass die ersten Olympischen Spiele in der griechischen Stadt Olympia im Jahre 776 vor Christus ausgetragen wurden. Du kannst außerdem erzählen, dass du sicher eine Medaille hättest gewinnen können, wenn du etwas eher gelebt hättest. Nero, der von 37 bis 68 nach Christus römischer Kaiser war, führte nämlich die Disziplin Beredsamkeit ein. Er gewann immer selbst, weil die Kampfrichter bestochen waren.

Wusstest du, dass
- der erste Fußball in England etwa um das Jahr 1050 hergestellt worden ist?
- ein türkischer Hahn nicht »Kikeriki« sagt, sondern »git git gidak«?
- Tennis diejenige Sportart ist, bei der die meisten Kampfrichter für nur zwei Spieler erforderlich sind, nämlich insgesamt 13 Stück? Der Haupt-

schiedsrichter, Netzrichter, ein Richter für die Fußfehler und zehn Linienrichter.

→ es in Schweden Fleisch fressende Pflanzen gibt? Die am häufigsten vorkommende heißt Sonnentau und wächst meistens in Moorgebieten.

→ das Wort Apfelsine in niederdeutschem Dialekt »Apfel aus China« bedeutet? Von dort aus verbreitete sich das Wort im 18. Jahrhundert bis Schweden.

Wahrsagen

Was Linien über dein Leben sagen

Möchtest du gerne wissen, wie deine Zukunft aussieht? Ob du am nächsten Tag mit der Mathearbeit klarkommst? Ob du reich wirst oder berühmt oder dich verliebst?
Bestimmt sind die meisten neugierig darauf, was die Zukunft ihnen bringt. Das ist zwar spannend, aber gleichzeitig auch ein bisschen abschreckend. Wenn man alles im Voraus wüsste, wäre das Leben ja nicht mehr besonders spaßig. Trotzdem – hier zeigen wir dir ein paar Methoden, mit denen Menschen sich und ihren Freunden seit Jahrtausenden die Zukunft voraussagen. Probier sie selbst aus!

Im Kaffeesatz lesen

Im Kaffeesatz zu lesen war früher sehr beliebt. Ein Problem heutzutage ist jedoch, dass wir nicht mehr so viel Prüttkaffee trinken. Das ist die Art von Kaffee, die man früher zubereitete. Aber es funktioniert auch mit aufgebrühtem Kaffee. Dies ist eine alte und bewährte Methode den Kaffee zu behandeln:
Heb das, was im Kaffeefilter zurückbleibt, auf. Lass es mindestens eine Stunde zum Trocknen stehen. Mische es dann mit einem Glas Wasser und koch es auf. Rühr mit einem Löffel um und gieß es in einen tiefen Teller, sodass er zur Hälfte gefüllt ist. Schwenk den Teller in alle Richtungen, ehe du vorsichtig das Wasser abgießt, sodass nur der Kaffeesatz übrig bleibt. Dann brauchst du ihn nur noch zu deuten.

LINIEN bedeuten, dass man im Alter glücklich sein wird, egal, ob die Linien lang oder kurz sind. Eine lange Linie, die ganz für sich liegt, bedeutet, dass du dich auf eine lange Reise begeben wirst. Geht die Linie durch die Tellermitte, bedeutet das, dass du in ein fremdes Land reisen wirst.

VIELE RUNDE MUSTER bedeuten, dass der Betreffende reich wird. Einige wenige Ringe bedeuten geschäftliche Misserfolge.

ECKIGE FELDER sprechen von glücklicher Liebe. Ansonsten deuten viereckige Muster meistens aber auf Unannehmlichkeiten.

ZIFFERN UND BUCHSTABEN können anzeigen, dass man im Lotto gewinnen wird. Besonders deutlich wird das, wenn eine Ziffer in der Nähe eines N steht. Ein A bedeutet eine unangenehme Reise, ein B Glück in der Liebe, V dass man ein Feuer sieht, Ä dass man ein Erbe erhält, um das es Streit gibt.

EIN BLUMENSTRAUSS mit mindestens vier Blumen bedeutet, dass man sehr glücklich wird. Jede Art von Baum bedeutet jedoch, dass man bald sehr traurig sein könnte.

Aus der Hand lesen

Das Lesen von Handlinien ist die älteste Wahrsagekunst. Vor mehreren tausend Jahren lasen sowohl Griechen als auch Römer schon aus den Händen. Könige und Kaiser hatten besondere Wahrsager, die ihnen sagten, ob es die richtige Zeit war einen Krieg zu führen. Weil diese Kunst schon so alt ist, gibt es massenweise Methoden des Handlesens. Wenn du es vernünftig lernen willst, besorgst du dir am besten ein Buch aus der Bibliothek. Aber ein paar besondere Merkmale, nach denen du suchen kannst, zeigen wir dir auch hier:

GROSSE HÄNDE
zeigen, dass man gut darin ist, die Details des Lebens zu erkennen. Die kleinen Dinge, die so viel bedeuten.

LANGE UND
SCHMALE HÄNDE
weisen auf Scharfsinn.

MITTELGROSSE HÄNDE
stehen für Intelligenz.

KLEINE, BREITE HÄNDE
bedeuten, dass die Person
listig ist und viel Humor
besitzt.

Hat man FESTE HÄNDE, ist man oft beschlussfreudig und gewandt. Aber oft glaubt man ein bisschen zu sehr an sich selbst.

WEICHE HÄNDE
weisen auf Sanftmut, Personen,
die sich um das Leben
keine Sorge machen –
»alles kommt
wie es will«-Personen.

PERSONEN MIT KANTIGEN FINGERN sind gut im Geschäftemachen oder eignen sich zum Politiker. Hat man sehr spitze Finger, kann man gut Gedichte schreiben. Dann ist man eine Person, die in ihrer eigenen Welt lebt, an Blumen schnuppert und philosophiert. Sind die Finger völlig gerade, hat man Talent zum Malen und zu allem Schöpferischen.

DER DAUMEN soll angeblich am meisten über eine Person aussagen. Wer große Daumen hat, ist oft stolz und selbstbewusst. Solche Menschen scheuen keine schwierigen Aufgaben, vergessen aber oft die Gefühle. Hat man einen sehr großen und festen Daumen, dann ist man entlarvt. Dann hat man den Stolz auf seine eigene Person ein wenig übertrieben und ist zu eingebildet geworden.

EIN KLEINER DAUMEN kennzeichnet eine Person, die nicht nachdenkt, sondern nur nach ihren Gefühlen handelt. Diese Personen gehen mit ganzer Seele in dem auf, was sie gerade tun, und sie haben viel Geduld.

ES GIBT EINE MENGE LINIEN auf der Handfläche. Jede Linie kann man auf ihre spezielle Weise deuten. Bilden aber die Linien kleine Sterne, weisen diese auf unerwartete Gefahren hin. Es werden Dinge geschehen, die man nicht steuern kann. Hat man kleine Punkte auf der Hand, bedeuten diese Verluste oder Verletzungen in der Seele. Bilden sie kleine Vierecke, kann man zufrieden sein. Das deutet nämlich auf Glück im Leben hin. Personen, die jede Menge Linien auf der Hand haben, haben keine Ruhe im Körper. Sie müssen ständig irgendetwas arbeiten oder sich auf Trab halten. Diese Personen sind oft sehr leicht reizbar und sehr intelligent.

Im Gesicht lesen

Schau jemandem ins Gesicht und sag ihm, wer er ist. Das kann eine tolle Beschäftigung sein. Nimm dir euer Klassenfoto und vergleiche einmal, ob die angegebenen Typbeispiele auf deine Kameraden zutreffen. Vor langer, langer Zeit haben Wahrsager Aussagen über die Art eines Menschen gemacht, nachdem sie seine Gesichtsform gesehen haben. Wir nennen euch hier ein paar der gewöhnlichsten Antworten, die man vor tausend Jahren bekam, wenn man sein Gesicht deuten lassen wollte.

HAT MAN EIN VIERECKIGES GESICHT, soll man eigensinnig sein. Man hält an dem fest, was man gesagt oder gedacht hat. Man ist gut in Philosophie und Mathematik, doch es fehlt einem die Phantasie. Meistens hat man viel für Krimskrams übrig.

PERSONEN MIT RUNDEM GESICHT sollen ein Talent haben Dinge in Gang zu bringen. Sie eignen sich zu Führungspersönlichkeiten. Aber sie sind rastlos und wollen zu schnell fertig werden.

BEI DENJENIGEN, DIE EIN LÄNGLICHES GESICHT HABEN, weiß man nie, woran man ist. Sie haben verschiedene Charaktereigenschaften, sind schüchtern, listig, manchmal verlogen. Sie mögen Liebesaffären, verlieben sich aber selten richtig. Grüblertypen, die absolut keine Geschäfte machen sollten.

Geld verdienen

Wie man mit ein paar Tricks reich wird

Wahrscheinlich kommt dir diese Situation bekannt vor: Du möchtest dir gerne etwas kaufen, das du in einem Geschäft gesehen hast, aber es ist zu teuer. Du gehst zu deinen Eltern, die dir sofort erklären, dass sie keine Goldesel sind. Und dass das Teil, das du dir kaufen willst, unnötig und viel zu teuer ist.

Oft kann man sich Geld erbetteln, aber das braucht Zeit und außerdem kommt man sich am Ende ein bisschen albern vor. Deswegen ist der beste Rat gleich ein gutes Taschengeld für sich auszuhandeln oder selbst Geld zu verdienen.

Zu den wichtigsten Dingen im Erwachsenenleben gehört, dass man ein Gehalt hat, das hoch genug ist, um davon leben zu können. Dafür haben die Gewerkschaften seit mehr als hundert Jahren gekämpft.

Aber für Kinder gibt es schließlich keine Gewerkschaften. Sie sind oft dazu gezwungen, für jedes Teil, das sie kaufen wollen, um Erlaubnis zu bitten. Kein Wunder, dass die Eltern sich dann darüber beklagen, dass ihre Kinder betteln. Aber es ist schließlich der eigene Fehler der Erwachsenen. Wenn sie den Kindern nur ausreichend Geld geben würden, könnten die sich um ihre Einkäufe selbst kümmern. Und die

Erwachsenen bräuchten sich das Gejammer nicht mehr anzuhören.
Wenn sie das begriffen haben, braucht man sie nur noch davon zu überzeugen, dass man zum Leben viel Geld braucht. Mach deswegen mit ihnen eine Zeit und einen Ort für Taschengeld-Verhandlungen aus. Aber vorher gehst du durch die Geschäfte und studierst Preise. Es ist immer gut genau zu wissen, was ein Paar teure Jeans kosten. Diesen Betrag kann man dann in die Debatte einflechten, wenn die Eltern einem ein zu niedriges Angebot unterbreiten. Dann sagst du verärgert: »Wie soll ich von so wenig Geld im Monat leben, wenn es nicht mal für ein paar Hosen reicht?«
Denk daran, immer erst einen zu hohen Betrag vorzuschlagen. Dann lässt du dich auf ein Mittelding ein, das immer noch höher ist als das, was du eigentlich erwartet hast.

Reich durch die Natur

Wenn du Geld verdienen willst, dann ist die Natur eine reiche Quelle, aus der du schöpfen kannst. Im Sommer kann man Blumen oder Obst pflücken und verkaufen.
Gewarnt sei aber vor Blumen und Obstbäumen, die

in Gärten in der Nähe eines Hauses wachsen. Zumindest wenn dort Schilder angebracht sind, die vor einem Wachhund warnen.
Heutzutage ist die Natur sogar voll von leeren Flaschen, für die man das Pfandgeld kassieren kann. Sammle Flaschen auf Festplätzen ein – das kann schnelles Geld bringen. Wenn du gerne angelst und Glück hast, dann ist das Verkaufen von Fischen dein Geschäftszweig. Es gibt jede Menge fauler erwachsener Angler, die dir gerne den Fisch abkaufen, nur um die Schwerarbeit nicht machen zu müssen. Wenn sie auf dem Rücken liegen und Zeitung lesen dürfen, fühlen sie sich viel wohler. Aber dafür, beim Heimkommen mit ihrem großen Fang prahlen zu können, würden sie beinahe jeden Preis bezahlen.

Dachbodenentrümpelung

Der elterliche Dachboden bietet eine andere praktische Möglichkeit. Oft findet sich dort eine ganze Menge wertvoller Dinge. Frag deine Eltern, ob du dort sauber machen und Sachen verkaufen darfst. Dann bau auf der Straße einen Stand auf und verdien ein Vermögen.

Gesundheitstränke liegen im Trend

In den letzten Jahren sind viele Leute sehr gesundheitsbewusst geworden. Sie glauben, dass spezielle Radikalkuren ihnen helfen sich wohl zu fühlen und abzunehmen.

Nutze dies aus und stelle deine eigene Gesundheitskur her.

Man kann fast alles an natürlichen Produkten miteinander mischen, es in eine schöne Flasche füllen

und, mit einem hübschen Etikett versehen, als Anti-Falten-Creme oder Kniescheiben-Verbesserer verkaufen. So machen es auch die großen Unternehmen.
Es ist gut, wenn du um deine Tränke oder Cremes etwas Hokuspokus veranstaltest. Verrate den Leuten, dass schon die Indianer deine Getränke angewendet haben.
Das ist immer ausschlaggebend dafür, dass Erwachsene ihre Brieftaschen öffnen und zuschlagen.

Sich um alte Damen kümmern

Hunde ausführen, mit alten Damen spazieren gehen oder auf kleine Kinder aufpassen kann auch Geld einbringen. Dabei kommt es auf gute Reklame an. Häng überall in deiner Wohngegend bunte Zettel auf.

Etwas Eigenes aufbauen

Wenn du dich richtig einsetzen willst, dann bau deine eigene »Dienstleistungsfirma« auf. Nutze die Gratisanzeigen in den Anzeigenblättern.

Sag, dass du alle Arten von Aufträgen annimmst, vom Rasenmähen über Laubharken bis zu Autowaschen und Gedichtevortragen oder Liedersingen auf Festen.

Auf der Straße singen

Apropos singen: Straßenmusik kann dir ein richtig gutes Einkommen bringen, wenn du die passende Zeit und den passenden Ort wählst. Am besten geht das in einer Fußgängerzone, wenn viele Leute unterwegs sind und bummeln, zum Beispiel am Samstag oder am Adventswochenende, wenn alle Leute gute Laune haben. Spiel, was du willst. Es spielt keine Rolle, ob du eine Niete auf deinem Instrument bist. Viele Erwachsene finden es einfach rührend und geben ein bisschen mehr, damit du Unterricht nehmen kannst. Spielst du erbärmlich genug, so kannst du viel Geld dafür bekommen, dass du endlich aufhörst zu spielen.

Tausch ein, was du haben möchtest

Früher tauschte man immer untereinander die Dinge, die man gerne haben wollte. Geld gibt es erst seit ungefähr 4 500 Jahren. Aber in Schweden und Deutschland waren wir ein bisschen spät dran. Hier wurde noch lange mit Waren Tauschhandel betrieben. Schau mal im Schallplattenregal deiner Eltern nach. Sicher haben sie ein paar alte Raritäten darunter, die sie sich nie anhören. Aber Vorsicht! Frag um Erlaubnis, ehe du dir die Platte abzweigst, die John Lennon

signiert hat – ansonsten könnte man dich des Diebstahls bezichtigen. Richtig popinteressierte Eltern haben keine Skrupel dich bei der Polizei anzuzeigen, wenn du ihre Beatles-Sammlung verkaufst.

Tu gar nichts

Es gibt tatsächlich Leute, die keinen Finger krumm zu machen brauchen, um reich zu werden. Das jedenfalls sagt der Volksglaube.

Kontrolliere, ob auf dich einige der unten angeführten Behauptungen zutreffen. Wenn das der Fall ist, dann lehn dich zurück und warte drauf, dass das Geld hereingerollt kommt.

Reich wird:

- → wer Warzen auf der Brust hat (aus Finnland).
- → wer kurze Nägel hat (aus Småland).
- → wer breite Zähne hat (aus Finnland).
- → wer behaarte Arme hat (aus Schweden).

oder:

- → wenn es in der linken Hand juckt (allgemeiner Glaube in ganz Schweden).
- → wenn die Schuhsohle genau in der Mitte reißt (allgemein in ganz Schweden).
- → wer lange im Klohäuschen sitzt (Småland).
- → wenn man von einer Feuersbrunst träumt (Arboga).

Nach vierblättrigen Kleeblättern suchen

Glücklich und reich wird derjenige, der ein vierblättriges Kleeblatt findet. So sagt es eine alte Volksweisheit. Also kann es nicht schaden gleich mit der Suche zu beginnen. Das Problem ist allerdings, dass vierblättrige Kleeblätter nur Glück bringen, wenn man sie zufällig findet. Man sagt, es bringe besonders viel Glück, wenn man es in der Mittsommernacht findet, in der die Blumen angeblich die größte Kraft besitzen.

Damit es mit dem Reichwerden und dem Glückhaben auch klappt, sollte man das vierblättrige Kleeblatt direkt aufessen, wenn man es gefunden hat. Das glaubte man jedenfalls in Schweden. In Deutschland meinte man, das Wichtigste sei es ganz still zu sein. Und in einigen Gegenden gab es die Regel, dass man die vierblättrigen Kleeblätter mit den Zähnen pflücken musste, damit die Kraft erhalten blieb. Ein anderer deutscher Brauch ist es den Klee in den Schuh zu legen, damit er Glück bringt. Wenn er dann verwelkt, geht die Kraft auf den Menschen über. In Småland glaubt man, dass es Glück im Spiel bringt, wenn man ein vierblättriges Kleeblatt in der Brieftasche aufbewahrt.

Die Familie

Wie man mit Geschwistern und Eltern
am besten umgeht

Mütter, Väter und Geschwister – das Beste, was es gibt, aber gleichzeitig Personen, die man in gewissen Situationen lieber los sein möchte. Zum Beispiel, wenn sie herumschnüffeln. Das tun nämlich Eltern und Geschwister immer gern.
Hat man ein Mädchen oder einen Jungen kennen gelernt, dann wollen Familienmitglieder gleich alles wissen – sofort. Sie quetschen und zerren Informationen aus einem heraus und dann kommt es sehr darauf an, sie nur ein bisschen einzuweihen. Man muss Geheimnisse für sich behalten dürfen.

GUTE VERSTECKE sind lebenswichtig. Dort stopft man Dinge hinein, die neugierige Familienmitglieder absolut nicht finden sollen. Zum Beispiel Fotos von deiner Sommerliebe oder Listen von denen, die du toll findest, oder Tagebücher, in denen dein ganzes heimliches Leben steht. Gewarnt sei vor Schreibtischschubladen. Neugierige Geschwister kriegen alle Schlösser auf, die sie aufkriegen wollen. Sie scheuen keine Hindernisse.
Am besten wählst du eklige Stellen aus oder solche, die sich eigentlich gar nicht als Verstecke eignen. Gibt es zum Beispiel einen besonderen Platz, an dem du gerne deine verschwitzte Sportkleidung ablegst,

so ist dies ein perfektes Versteck. Oder mach dir irgendwo ein Geheimfach. Such nach Hohlräumen in Bilderrahmen oder im Bettpfosten. Wenn man nur pfiffig genug ist, findet man immer perfekte Verstecke. Aber vergiss nicht, wo du deine Geheimnisse versteckt hast. Notiere es dir in Kode-Wörtern, die nur du verstehen kannst. »Hinter dem Schwimmplatz« kann zum Beispiel bedeuten, dass dein Tagebuch hinter dem Bild versteckt ist, auf dem badende Kinder abgebildet sind.

Mach es wie berühmte Spione: Höhle in deinem Schuh ein Geheimfach aus und setz einen abnehmbaren Absatz an. Oder näh dir eine Extratasche mit Reißverschluss an die Innenseite des Jackenärmels. Manchmal ist es ratsam das Allergeheimste mit sich herumzutragen. So kann man seine Geheimnisse sogar während der Schulzeit unter Kontrolle haben.

PEINLICHE ELTERN sind ein Problem. Manche Eltern müssen sich immer dadurch auszeichnen, dass sie sich aufdrängen und besonders viel reden, wenn deine Freunde gerade zu Besuch sind. Andere ziehen sich besonders jugendliche Kleidung an, wenn sie die Schule ihrer Kinder besuchen. Das ist peinlich, ohne dass ihnen das selbst richtig bewusst ist. Sie finden sich jugendlich und natürlich, aber du siehst ihnen an, dass sie nicht sie selbst sind.

Glaub es oder glaub es nicht, aber oft liegt das daran, dass sie unsicher sind. Ein großer, starker Papa, der immer meint, dass er Recht hat, kann sich in einen kleinen errötenden Grünschnabel mit großen Schweißflecken unter den Armen verwandeln, wenn er auf dem Weg zum Elternabend ist. Wahrscheinlich erinnert er sich mit Schrecken an seine eigene Schulzeit. Dann solltest du ihn beruhigen. Erzähl ihm, wie es in der Schule so ist, in welchen Fächern du gut bist und welche Lehrer schwierig sind. Dann sind die Eltern vorgewarnt. Nimm deine Mutter und deinen Vater mit zum Kleiderschrank und wähle selbst die Kleider aus, die sie anziehen

sollten. Erklär ihnen, dass du das um ihrer selbst willen tust. Und um deinetwillen. Es schadet niemals gleich den richtigen Eindruck zu hinterlassen, kannst du ihnen sagen. Erwähne nur nicht, dass du befürchtest, sie könnten sich vollkommen blamieren. Das würde sie nur noch mehr verunsichern und alles noch schlimmer machen.

Wie man sich mit Geschwistern nach einem Streit wieder versöhnt

Es passiert sicher oft, dass du dich mit deinen Geschwistern streitest. Es gehört regelrecht dazu, dass man sich zankt.

Aber es kann schwer sein sich dann wieder zu versöhnen. Besonders wenn du die Tagebucheintragungen deiner großen Schwester über die Jungen, in die sie verknallt ist, genauestens gelesen und ihren Freunden brühwarm davon erzählt hast.

Dann heißt es nur noch, die Beine in die Hand zu nehmen oder Einfallsreichtum zu beweisen, damit ihr wieder unter einem Dach leben könnt.

Am besten ist es natürlich dem Gezanke vorzubeugen. Und wenn man einfach diese alten Regeln befolgt, kann man sich eine Menge Ärger sparen.

Hier ein paar alte schwedische Weisheiten:

→ »Wenn sich zwei Personen am selben Handtuch die Hände abtrocknen, dann werden sie Feinde.« Nimm dein Handtuch also immer mit in dein Zimmer, wenn du keinen Streit haben willst.

→ »Wenn jemand von dem trinkt, was ein anderer getrunken hat, ohne einen einzigen Tropfen zu verschütten, dann werden die beiden Feinde.«

- »Serviert man jemandem Sahne, wird man sich mit ihm streiten.«
  Probier's stattdessen mit Erdbeeren auf Eis.
- »Schenkt man einem Freund ein Messer, findet die Freundschaft ein Ende.«

Hilf zu Hause, dann brauchst du nicht zu helfen

Deine Eltern verlangen wahrscheinlich von dir, dass du dein Zimmer aufräumen, spülen, Essen kochen und eine Masse anderer uninteressanter und zeitraubender Dinge tun sollst.

So komisch das auch klingen mag, so ist es doch der beste Rat, den Eltern dabei entgegenzukommen. Wenn du zu Hause viel mithilfst, dann können sie von dir nicht so leicht verlangen, dass du dich noch mehr abrackerst. Es kommt nur darauf an, sich die richtigen Tätigkeiten auszusuchen.
Bist du bereits von deinen Eltern fest eingespannt? Putzt du, spülst, wäschst oder machst andere langweilige Sachen? Dann fordere eine Umverteilung! Übernimm jede Menge Aufgaben. Aber überlass das langweilige Spülen lieber ihnen.
Organisiere ein Treffen mit deinen Eltern, Geschwistern und möglichen anderen Mitbewohnern. Sag mit aufgeregter Stimme, dass du das ganze Gejammere leid bist und es dir nicht mehr länger anhörst. Fordere eine Liste, auf der genau aufgeschrieben steht, was jeder zu tun hat. Wahrscheinlich gehen sie darauf ein. Sie werden sich zuzwinkern und flüstern: »Du wirst doch allmählich erwachsen.« Und: »Wie goldig.« Und dann werden sie auf all deine Forderungen eingehen.
Sag mit klagender Stimme, dass du dich dazu durchringen könntest, mit dem Hund rauszugehen, obwohl du das eigentlich ohnehin gern tust. Biete dich als Testesser vor den Mahlzeiten an, wie es die Be-

diensteten früher am königlichen Hof getan haben – unter Gefahr für das eigene Leben! Erkläre dich für die Sicherheit im Haus zuständig (kontrollieren, ob Fenster und Türen abgeschlossen sind). Und so weiter. Es gibt tausende Dinge, die du tun kannst. Deine Eltern fallen bestimmt in Ohnmacht, wenn du dich bereit erklärst im Haushalt zu helfen –, und du brauchst nichts Ätzendes zu tun.

Gib die richtigen Antworten

Eltern sind Experten im Nörgeln. Sie meinen offenbar, dass du nicht ordentlich erzogen wirst – und nicht erwachsen werden kannst –, wenn sie nicht mindestens eine Viertelstunde pro Tag an dir herumgenörgelt haben.

Das solltest du bis zu einer gewissen Grenze erdulden, dann aber gilt es sich entschieden zu wehren. Hab ein Nachsehen damit, dass sie wie typische Eltern auftreten wollen. Aber lass dich nicht von ihnen beschimpfen! Deshalb solltest du einige schneidige und bissige Antworten auf Lager haben, falls sie es übertreiben.

→ Wenn sie dir zusetzen, du sollst endlich dein Zimmer aufräumen:

»Nennst du das etwa unordentlich? Da hättest du mal die Schlacht bei Lützen sehen müssen. Da lagen die Leichen in Haufen rum. Das nenne ich Unordnung! Komm wieder, wenn du etwas Wichtiges willst!«

→ Wenn deine Mutter meckert, du hättest die falschen Klamotten an und würdest zu schlampig aussehen:
»Du ahnst gar nicht, wie gut gekleidet ich eigentlich bin, Mama. Ich könnte schließlich auch in Papas Badehosen, einem vergammelten Bademantel oder einer Jacke mit rassistischen Aufnähern herumlaufen. Du kannst froh sein, dass du ein so wohl gekleidetes Exemplar zur Welt gebracht hast.«
Sollte sie noch einmal über deine Kleidung jammern, dann kontere mit »Aber Mama, ich versuche doch nur wie du auszusehen . . .« Dann ist sie garantiert still.

→ Wenn deine Eltern möchten, dass du früher wieder zu Hause sein sollst, als du vorhattest: »Ich verstehe ja, dass ihr mein Bestes wollt. Aber gleichzeitig stört ihr mich mitten in meiner Entwicklung. Ich muss doch das Erwachsenenleben langsam trainieren. Dazu gehört auch, dass man

Dinge lernen muss, die gefährlich sind – bis spätabends draußen zu sein zum Beispiel. Also, wir sehen uns dann heute Nacht. Tschau!«

→ Wenn sie wollen, dass du gerade dann ins Bett gehst, wenn in zehn Minuten ein Superfilm im Fernsehen anfängt:
»Liebe Eltern. Ich verstehe ja, dass ihr meinen Nachtschlaf für wichtig haltet. Aber wisst ihr eigentlich, was ihr tut, wenn ihr mich diesen Film nicht sehen lasst? Morgen werde ich von meinen Freunden auf dem Schulhof verachtet und mit Schmutz beworfen. Dieser Film ist der einzige, über den wir seit Wochen diskutiert haben. Und jetzt sorgt ihr dafür, dass ich bei der Debatte ausgeschlossen werde. Das nenne ich niederträchtig.«

Rollentausch

Bist du der Meinung, dass deine Eltern dich niemals verstehen?
Dass immer nur sie das Sagen haben, dass sie ungerecht sind, dass sie immer nur nörgeln und so weiter? Da kann man nur eins machen. Zeig ihnen, wie schrecklich das ist.

Das ist aber gar nicht so leicht getan. Wenn du es mit Worten versuchst, hören sie bestimmt nicht länger als zehn Sekunden zu. Aber man kann sie überlisten. Wenn sie zum Spielen aufgelegt scheinen und entspannt aussehen, dann frag sie, ob sie nicht Vater, Mutter, Kind mit dir spielen wollen – allerdings mit vertauschten Rollen. Sie sind die Kinder und du bist Mutter oder Vater. Traktier sie mit ihren schlimmsten Kommentaren. Tritt genauso unleidlich auf, wie sie es immer tun. Hör ihnen einfach nicht zu, wenn sie reden, und rede mit ihnen wie mit Kleinkindern, die kein Wort verstehen. Wenn sie es jetzt nicht begreifen und sich ändern, dann begreifen sie es nie.

Tipps für Autoreisen

Es kommt nicht oft vor, dass man mit Eltern und Geschwistern auf engstem Raum zusammengepfercht ist, aber bei einer Gelegenheit gibt es kein Entkommen – Autoreisen. Oft muss man weit fahren und ist für Stunden eingezwängt. Dabei besteht die Gefahr, dass engagierte Eltern merkwürdige Spiele vorschlagen oder anfangen von ihrer Kindheit zu erzählen (wie sie mit Pferd und Wagen aufs Land reisten). Dann heißt es Geduld haben oder die richtigen Kniffe kennen, um die Fahrt zu überleben.

- ➔ Tu so, als ob du schlafen würdest. Dann brauchst du dich auf alle Fälle nicht mit den Familienmitgliedern zu unterhalten.
- ➔ Schmoll vor dich hin. Dann will sowieso keiner mit dir reden.
- ➔ Lass einen Furz ab. Dann hast du schnell die eine Ecke der Rückbank für dich. Außerdem macht ihr dann öfter Pause.
- ➔ Sing Lieder, die die anderen nicht kennen. Du kriegst ein bisschen Gesangstraining und die anderen können einem schönen Konzert zuhören. Wenn sie es leid sind und ihren Lieblingssender

auf höchste Lautstärke einstellen, ist es Zeit, dass du dich in deine eigene Walkman-Welt zurückziehst.

Schule

Wie man den Lehrer
auf seine Seite bekommt

Mit der Schule hat es schon etwas Komisches auf sich. Man geht hin, um zu lernen – so ist es auf jeden Fall vorgesehen. Doch oft genug kommt es einem vor, als lerne man einzig und allein pünktlich und still zu sein.

Wenn man schon diese elementarsten Dinge der Schule nicht gelernt hat, kann es nicht schaden sich wenigstens rechtfertigen zu können. Denn wenn man einmal nicht pünktlich oder still ist, muss man Rede und Antwort stehen. Es gibt nämlich nichts, was einen Lehrer mehr reizt, als wenn man im Unterricht redet oder zu spät kommt.

Wenn du zu spät kommst

Es gibt viele Entschuldigen-Sie-meine-Verspätung-Klassiker. »Bus verpasst« und »verschlafen« gehören zu den häufigsten. Aber solche Entschuldigungen sind schnell abgedroschen. Wähle lieber etwas Raffinierteres. Wenn du gut Geschichten erzählen kannst, dann könnte eine zum Beispiel davon handeln, dass du zur falschen Schule und ins falsche Klassenzimmer gegangen bist. Erst als die Lehrerin hereinkam, wurde dir klar, dass du dort falsch warst. Sie war nämlich hässlich und sah streng aus »und

war überhaupt nicht so nett wie Sie«. Das Letzte sagst du direkt zu deiner Lehrerin. Denn auch wenn sie ein griesgrämiger und strenger Typ ist, so wird sie ein Kompliment sicher gerne hören. Das tun alle Frauen.

Gib der Natur die Schuld

Die Lehrerin an ihre eigene Kindheit zu erinnern ist auch kein schlechter Tipp. Das sollte man allerdings ein wenig vorsichtig tun. Beginne deinen Bericht damit, dass du einfach am Teich stehen bleiben und dir den faszinierenden Froschlaich angucken musstest. Erzähle dann, dass du dich von den wunderschönen Blumen auf der Wiese nicht losreißen konntest. Beende deine Erzählung damit, dass du einen seltenen Vogel gesehen hast. (Das funktioniert gut bei Lehrerinnen, die Naturmenschen sind.) Schließlich fragst du ganz vorsichtig, ob deine Lehrerin so etwas vielleicht auch schon erlebt hat. Ob sie vielleicht auch schon einmal von der Natur wie gefesselt war? Dann hast du ihre Laune bestimmt verbessert und sie wird den Vormittag den Geschichten aus ihrer Kindheit widmen.

Schau traurig aus der Wäsche

Wenn es nicht dein Ding ist dir lange Geschichten auszudenken, kannst du überhaupt einfach ein besorgtes Gesicht machen, wenn du in die Klasse kommst. Antworte gar nichts, wenn deine Lehrerin dich fragt, warum du so spät kommst. Entschuldige dich einfach ziemlich leise. Deine Lehrerin glaubt dann bestimmt, dass du etwas Schlimmes erlebt hast. Und ihr Zorn wird sich sicherlich in Verständnis verwandeln. Aber sieh zu, dass du bis zum Mittag ein bisschen fröhlicher dreinschaust. Ansonsten kommt sie noch auf die Idee deine Eltern in die Sprechstunde zu bitten, um mit ihnen über das zu reden, was passiert ist.

Weigere dich zu schweigen

Man erwartet also von dir leise zu sein. Ist man aber zufällig eine Labertasche, sollte man ein paar Antworten parat haben. Wenn der Lehrer zum vierten Mal seinen Blick auf dich heftet und sagt: »Jetzt hab ich aber genug, sei endlich still!« – dann musst du wirklich die ultimative Äußerung in der Tasche haben.

Sprich wie ein Grieche

Es könnte schlau sein dem Lehrer klarzumachen, dass er deine Lust am Lernen unterdrückt. Dass der Lehrer dich stattdessen ermuntern sollte mehr zu sagen – und nicht still zu sein. »Übrigens steht das auch im Lehrplan«, kannst du mit selbstbewusstem Tonfall sagen. Dann fahre damit fort, dass selbst die alten Griechen Redegewandtheit als Schulfach hatten und dass es sogar bei den Olympischen Spielen die Disziplin gab, wer am besten reden konnte.

Das Wohl des Schülers

Staatsminister reden den ganzen Tag und Popstars geben am laufenden Band Interviews. Frag den Lehrer, ob er etwa deine kreative Entwicklung bremsen will. Will er denn etwa nicht, dass aus dir etwas Großes wird? Im tiefsten Innern wollen alle Lehrer nämlich für ihre Schüler das Beste, also sollte er schön seinen Mund halten. Es besteht jedoch die Gefahr, dass du hinausgeworfen wirst . . .

Schreib eine traurige Geschichte

Du kannst es deinem Lehrer auch ein bisschen später heimzahlen. Steck die Schelte ein, wenn du sie kriegst. Aber beim nächsten Aufsatz schreibst du die Geschichte eines Schülers, der so traurig war, weil er ausgeschimpft wurde, als er im Unterricht geredet hat, sodass er nachts nicht mehr schlafen konnte und tagsüber sogar in der Klasse Angst hatte.

Der Junge wurde immer stiller, bis er schließlich keinen Laut mehr von sich gab. Danach dürfte dein Lehrer wohl keinen Pieps mehr sagen, wenn du redest. Er glaubt ja, du bekämst psychische Probleme durch sein Geschimpfe.

Überliste den Lehrer

Wenn du einen überheblichen und unangenehmen Lehrer hast, dann musst du es ihm auf eine wirklich gewitzte Weise heimzahlen. Leih dir Bücher über das Spezialgebiet deines Lehrers aus und lerne Fakten auswendig, die sehr kompliziert wirken. Ist es Experimentalphysik, dann lerne zum Beispiel etwas über Rutherfords Atommodell. Es können auch Kleinigkeiten sein, wie unwichtige Jahreszahlen. Bei der passenden Gelegenheit fragst du deinen

Lehrer nach etwas anderem, was mit dem Thema zu tun hat, dann leitest du einfach zu deinem einstudierten Wissen über. Du solltest sehr erstaunt tun, wenn er über so einfache Grundkenntnisse nicht verfügt.

Mittagspause

Die netten Damen in der Essensausgabe können auch Probleme verursachen. Gewiss gibt es auch nette Typen, die sich nicht immer so schrecklich einmischen. Aber da gibt es ja leider auch noch solche, die einem nie genug geben, wenn das Essen einmal schmeckt, die einem aber Ekelfraß auf den Teller häufen und nachher mit der Lupe kontrollieren, ob man alles aufgegessen hat. Mit denen muss man vernünftig reden. »Haben Sie schon mal an die armen Kinder in Afrika gedacht?«, kannst du sie zum Beispiel fragen. Sie werden dich verdutzt ansehen und den Kopf schütteln. »Ich glaub, es wäre am besten, wenn wir meine Essensreste dorthin schicken«, sagst du dann und trabst mit dem, was sie Essen nennen, hinaus.

Wenn du von etwas, was du gerne isst, zu wenig bekommen hast, dann leg eine richtige Szene hin.

Schrei deinen Kummer hinaus, trample auf den Boden. Zeig deine dünnen Arme und gib ihr die Schuld, wenn du unterernährt bist. Dass solche wie sie schuld sind, wenn die Kinder sich von Süßigkeiten und Eis ernähren und dem Unterricht nicht folgen können. Nach solch einer Show werden dir mindestens fünf Extra-Pfannkuchen sicher sein.

Furcht und Schrecken

Wie man Leute die Wände hochjagt

Leute zu erschrecken macht Spaß. Das wissen alle, die es schon einmal ausprobiert haben. Aber immer nur aus irgendeinem Versteck herausgesprungen zu kommen wird man recht schnell leid. Es kommt eben darauf an, andere geschickt zu erschrecken. Den frechsten Bruder oder sogar den furchtlosen Vater kann man auf diese Weise die Wände hochjagen. Manchmal erfordert es ein wenig Vorarbeit und eine gute Portion Geduld. Aber die Arbeit kann sich lohnen. Überlege dir, wen du am liebsten fürchterlich erschrecken möchtest, und schreite dann zur Tat.

Der Fensterklopfer

Knote das Ende eines Stahldrahtes um ein kurzes Stöckchen. Das andere Ende des Drahtes befestigst du an der Außenseite des Fensters deines Opfers, sodass das Stöckchen vor der Scheibe hängt. Den Draht musst du von dem Stöckchen ein bisschen vorstehen lassen. Schließe das Fenster und zieh die Gardinen vor. Am besten funktioniert der Trick, wenn es windig ist. Wenn das Opfer ins Bett gegangen ist, bewegt sich das Stöckchen vor und zurück und der Stahldraht »kreischt« über die Scheibe. Das klingt grauenvoll und spukig.

Der Monsterfinger

Erzähl deinen Freunden, du hättest eine Fernreise gemacht. Dort sei dir etwas Merkwürdiges widerfahren. Du hättest ein richtiges Monster getroffen und während eines Streites hättest du dir den kleinen Finger der Bestie schnappen können. Du nimmst eine aufklappbare Schachtel aus der Hosen-

tasche, öffnest sie und erschreckst deine Freunde zu Tode.
Und so funktioniert das: Präpariere die Schachtel, indem du ein kleines Loch in den Boden schneidest. Das Loch muss groß genug sein für deinen eigenen Zeigefinger. Bemale deinen Zeigefinger mit Lippenstift und vielleicht ein wenig Mascara, denn er soll blutig und tot aussehen. Halte den Finger bereits in der Schachtel, wenn du deine Geschichte beginnst. Du musst die Schachtel natürlich vorher herausnehmen, wenn keiner es sieht, und den »blutigen« Finger durch das Loch stecken. Je mehr du übertreibst und sie aufhetzt, bevor du die Schachtel öffnest, desto besser.
Zum richtig gruseligen Abschluss kannst du erzählen, dass der Finger manchmal zum Leben erweckt wird und dass das dann lebensgefährlich ist. Dann lässt du den Finger kurz zucken, bevor du die Schachtel vor den Augen deiner völlig verängstigten Freunde schnell zuklappst.

Der unsichtbare Mann

»Ich glaube nicht an Gespenster«, sagt einer deiner Freunde. Dann heißt es zuschlagen. Beweise ihm, dass es durchaus Übernatürliches gibt. Dass du zaubern und ihn unsichtbar machen kannst wie ein Gespenst! Er findet das sicher lächerlich, dass du an solchen Unsinn glaubst. Aber dann bittest du ihn genau zuzuhören. Du sprichst einen Reim und schwingst dabei einen Stift vor seinem Kopf herum. »Plitsche, platsche, plutsch, du bist futsch!« Versuche wie ein Zauberer ein bisschen mystisch, aber dennoch glaubwürdig zu klingen.

Dann rufst du einige Freunde herein, die du vorher aufgeklärt hast. Sie kommen herein und fragen dich, ob dein Freund nicht gerade eben noch hier gewesen sei. Der, der nicht an Gespenster glaubt. Sie können

ihn nicht sehen, wie sehr sie es auch versuchen. Sie sollten dann über ihn sprechen, als ob er nicht da wäre. Bis du mit den Fingern schnippst. Dann müssen sich die anderen darüber wundern, dass er plötzlich wieder auftaucht. In dem Moment hat er sicher die Hosen voll. Es kann recht unangenehm sein nicht gesehen zu werden.

Der Geigenschreck

Um diesen Trick machen zu können, brauchst du eine Geige. Falls du eine hast, dann passe die Gelegenheit ab, wenn ein Freund bei dir übernachtet. Leg die Geige auf einen Tisch. Knote einen Draht an eine Türklinke, führe ihn über die Saiten der Geige und befestige am anderen Ende ein Gewicht.

Platziere die Schreckmaschine in einem dunklen Raum, in den du selten gehst. Mitten in der Nacht sagst du zu deinem Kumpel, dass du auf Gespensterjagd gehen willst und eine Spezialstelle dafür weißt.

Bitte deinen Freund vorzugehen und die Tür zu öffnen. Bei dem Geräusch, das der Draht auf den Saiten erzeugt, würde jeder um sein Leben rennen. Achtung! Mach diesen Trick nur mit einem guten

Freund, der Spaß versteht. Sonst ist er vielleicht danach nicht mehr dein Freund.

Der Taschenlampentrick

Ein Trick für finstere Nächte. Erzähl eine Gruselgeschichte. Schleich dich dann lautlos hinaus und stell dich an ein Fenster. Wenn du deinen Freund dann drinnen hörst, klopfe sanft an die Fensterscheibe. Wenn er herschaut, knipst du die Taschenlampe an, die du mitgenommen hast. Halte sie dir unter das Kinn, sodass die Strahlen nach oben gerichtet sind. Zieh eine hässliche Fratze. Das Licht lässt dich wie ein Gespenst aussehen.

Das Gesicht des toten Mannes

Ein Überraschungsschreck kann manchmal richtig cool sein. Wenn er raffiniert ausgeführt wird. Beginne damit, eine richtig eklige Maske herzustellen, die du dir vor das Gesicht machst (siehe dazu auch die Zeichnung auf Seite 126 für die Gespensterparty). Du kannst die Maske gut mit Riesenpickeln und Auswüchsen dekorieren. Wenn deine Eltern in dein Zimmer kommen, um dir Gute Nacht zu sagen, liegst du mit abgewandtem Gesicht unbeweglich im Bett und tust so, als würdest du schlafen. Wenn sie sich hinunterbeugen, um dir einen Kuss zu geben, wendest du ihnen das Gesicht zu. Wenn sie jetzt davon keinen Schock kriegen, dass ein Monster in deinem Bett liegt und brabbelt – dann kann sie einfach nichts erschüttern.

Falls du es nicht schaffst eine ganze Maske zu machen, dann kannst du dein Gesicht mit schrecklichen »toten« Farben anmalen oder dir wie Blut Ketschup über das Gesicht gießen. Das kann einen prima Effekt erzielen, kann aber auch unangenehm werden, wenn man lange warten muss . . .

Krank?

Wie man sich selbst heilt
und die Zeit vertreibt

Es gibt kaum etwas Langweiligeres als krank zu Hause zu liegen. Häufig kann man nicht einmal lesen. Und falls einem diese Fähigkeit geblieben ist, ist es auch nicht besonders lustig acht Stunden an einem Stück zu lesen. Ein prima Tipp ist es das Telefon zu benutzen. Quatschen ist immer toll, wenn man viel Zeit hat.

Quatschanrufe

Rufe Freunde an, die ebenfalls krank sind, oder nutze die Gelegenheit andere Menschen anzurufen, die einsam sind. Schau im Telefonbuch nach, welche Namen auf ältere Leute hinweisen. Hermann oder Maria sind typische »alte« Namen. Sie sind bestimmt entzückt, wenn du sie anrufst und ihnen ein paar Minuten lang die Zeit vertreibst.

Falls du dich nicht todkrank fühlst,

kannst du zu Hause immer auf Entdeckungsreise gehen. Bau Fallen für die anderen auf, die in ein paar Stunden heimkommen. Benutze einfach deine Phantasie und du kannst so richtig Spaß haben, wenn sich Eltern und Geschwister deinem Blickfeld nähern.

Stell zum Beispiel einen kleinen Plastikbecher mit Mehl auf den Türrahmen. (Überprüfe sicherheitshalber, welche Kleidung deine Mutter/dein Vater trägt und welcher Laune sie/er ist.)

Schreibe einen Ulkbrief

an deine Mutter oder deinen Vater. Schreibe, dass du dich für die Einladung bedankst und gerne am nächsten Tag zum Essen kommst. Unterzeichne mit dem Namen eines Freundes deiner Eltern. Schreib am besten mit der Schreibmaschine oder dem Computer, sonst entlarven sie dich sofort.

Melde deine Mutter

oder deinen Vater bei verschiedenen Mach-mit-Sendungen im Fernsehen an. Verstell deine Stimme ein bisschen und melde dich mit dem Namen deiner Eltern, dann fallen sie sicher drauf rein.

Stell die Möbel um

Das kann ein Riesenspaß sein, die Reaktion der Eltern zu sehen, wenn sie nach Hause kommen

und ihr eigenes Heim nicht wieder erkennen. Eine sehr lustige Idee ist es, die Möbel aus zwei Räumen zu tauschen. Die Möbel sollten an exakt der gleichen Stelle stehen wie vorher, aber in einem neuen Zimmer. Das erfordert natürlich jede Menge Arbeit. Im schlimmsten Fall musst du dich an eine Umzugsfirma wenden – und das wird ziemlich teuer. Schaffst du zwei ganze Zimmer nicht, dann kannst du immer noch die Möbel aus zwei Ecken vertauschen.

Backe köstliche Kuchen

Es soll ausgezeichnet sein unnützes Zeug zu essen, um wieder gesund zu werden. Das hat bestimmt mal irgendein Fachmann irgendwann gesagt. Prima Rezepte stehen auf Seite 140 ff.

Heile dich selbst

Eine Sache, mit der man sich beschäftigen kann, ist, sich selbst zu heilen. Mit einem Blick in den Gewürzschrank kann man schon weit kommen. Früher verwandte man Kräuter oft als Medizin. Überlege, was bei dir am meisten krank ist, und misch dir dann eine Kräutermixtur:

Leidest du an Appetitlosigkeit – iss Salbei. Dieses Kraut ist außerdem nützlich, um lose Zähne wieder fest zu machen, und außerdem soll es Husten heilen können. Wenn du nicht schlafen kannst, iss Hopfen. Schläfst du trotzdem nicht ein, dann füll dein Kissen mit Hopfen und du träumst innerhalb weniger Minuten schöne Träume, sagt die alte Volksmedizin. Hast du ein schlechtes Gedächtnis oder fallen dir plötzlich die Haare aus, dann futter Zitronenmelisse.

Geht es dir davon immer schlechter, dass du dich

mit Kräutern abfüllst, gibt es eine andere Hilfe. Im Jahr 1686 wurde das erste Apothekengesetz Schwedens verfasst. Darin stand, welche Drogen als Heilmittel verkauft werden durften. Unter anderem standen darin Menschenschädel, pulverisierte ägyptische Mumie und der Zahn eines Einhorns.

Eine richtige Radikalkur war ein Spezialmittel, das aus 66 Inhaltsstoffen bestand. Unter anderem italienische Schlangen und Biberhoden. Dieses Mittel funktioniert bestimmt, sofern du die Zutaten beschaffen kannst.

Daumen heilen Wunden

Wirf einen Blick auf deine Daumen. Glaub es oder glaub es nicht, nach einem alten Volksglauben können sie dir helfen wieder gesund zu werden. Zahnschmerzen vergehen, wenn man sich wäscht und gleichzeitig mit einem Daumen hinter dem einen Ohr fühlt, sagt eine Weisheit aus Deutschland. Außerdem glaubt man, Halsschmerzen würden vergehen, wenn man mit dem Daumen über den Hals streicht. An einem anderen Ort in Deutschland sagte man, dass Wunden besser verheilen, wenn man die Daumen darauf legt. Und das absolut Wirksamste war, sich die Daumen eines erhängten Diebes zu beschaffen. Wer solche ergatterte, der brauchte niemals krank zu werden. Er würde nämlich in jeder Beziehung Glück haben.

Schuhe sind gut gegen Nasenbluten

Merkwürdigerweise haben Schuhe eine recht große Rolle in der Geschichte der Heilkunst gespielt. Auf jeden Fall haben die Menschen geglaubt, dass Schuhe heilen können. In Österdal in Norwegen stoppte man Nasenbluten, indem man mit einem Stiefel, der an einem Sonntag geputzt worden war, über die Nase strich. In Deutschland drückte man eine Schuhsohle gegen Warzen, sodass sie schlagartig verschwanden. In Frankreich heilte man Epilepsie, indem man mit einem Schuh dreimal auf den Boden schlug und ihn dann auf die Nase des Kranken hielt. Die Asche eines verbrannten Schuhs soll spitzenmäßig helfen, wenn man sie auf ein gebrochenes Bein streut.

Im ganzen Norden pflegte man außerdem Medizin aus einem linken Schuh zu trinken. Und als Medizin konnte so allerlei dienen. Nesselausschlag wurde zum Beispiel behandelt, indem man Urin aus einem linken Schuh trank . . . Manchmal hielt man es auch für ausreichend, wenn der Kranke an einem Schuh schnupperte. In Deutschland sagte man, dass die Patienten den Schnupfen wegriechen könnten.

Probier ein paar Varianten aus. Vielleicht heilt dich ja der Schock.

Morgenmuffelig?

Wie man besser aus dem Bett kommt

Fällt es dir morgens richtig schwer wach zu werden? Beschweren sich deine Eltern und halten dich für einen Faulpelz, nur weil du gerne schläfst? Stellen sie dir lärmende Wecker ins Zimmer? Oder, noch schlimmer, kommen sie und ziehen dir in einem fort an den Zehen und kreischen, dass du nicht zu spät zur Schule kommen darfst?

In dem Fall nimm es mit der Ruhe. Früher sind sie bestimmt genauso schlecht aus dem Bett gekommen wie du, haben das aber verdrängt. Nun wollen sie dich so schnell wie möglich zu einem Erwachsenen erziehen. Du kannst nicht ewig ein teilnahmsloser und unausstehlicher Jugendlicher bleiben, finden sie.

Aber es gibt bessere Methoden wach zu werden, als ein lautes Signal ins Ohr gepustet zu kriegen. Wir geben dir hier einige Tipps, wie du dir selbst »Wecker« bauen kannst, die »angenehmer« sind. Viele sind schon vor vielen hundert Jahren erfunden worden und funktionieren zumindest anders als heutige.

Nasses Wecken

Vor ein paar tausend Jahren haben die Römer eine Art Wasseruhr erfunden, die einen beim Wecken nass machte.

Eine flache Schüssel wurde über dem Gesicht des Schlafenden platziert. Während der Nacht wurde die Schüssel langsam mit Wasser gefüllt. Passend zum Morgen war sie voll und das Wasser ergoss sich auf das Gesicht dessen, der aufwachen sollte.

Suppe im Bett

Im 18. Jahrhundert begann man mit richtigen Weckmaschinen zu experimentieren. Der französische Forscher M. Musy erfand eine Uhr, die die ganze Nacht über einen schwachen Lichtschein verbreitete. Außerdem schlug sie jede Stunde einige sanfte Schläge und servierte warme Suppe, wenn man es wollte. Ein bisschen später erfand ein anderer Franzose eine Uhr, die ein Morgenlicht anknipste, die Gardinen aufzog und das Fenster öffnete.

Aus dem Bett geschmissen

Willst du mit einem Knall aufwachen – etwa so wie Donald Duck an Heiligabend? Dann solltest du dir die Maschine zusammenschrauben, die eine Sensation war, als sie 1851 in Paris vorgestellt wurde. Es handelt sich um ein komplettes Bett, das mit Sicherheit jeden weckte, sogar die größten Schlafmützen. Zuerst zog die Maschine dem Schlafenden die Nachtmütze vom Kopf, dann wurde ihm eine Mitteilung unter die Nase gehalten. Darauf stand, dass es höchste Zeit war aufzustehen. Rührte man sich trotzdem noch nicht, wurde man aus dem Bett ge-

worfen. Aber zum Lohn dafür, dass man schließlich doch aufgewacht war, kam eine Tasse Kaffee auf einem Band angefahren.
Diese Maschinen sind vielleicht in der Herstellung ein wenig kompliziert. Da gibt es doch andere Kniffe, derer man sich bedienen kann. Verabrede doch mit deinen morgenmunteren Eltern, dass sie dich ruhig wecken sollen. Aber nicht auf diese unausstehliche Weise, die Eltern normalerweise anwenden, sondern auf eine angenehmere Art. Lass dir von ihnen dein Lieblingsfrühstück am Bett servieren. Versprich ihnen, dass du ohne Proteste aus dem Bett steigst, wenn sie das fünfmal in der Woche tun. Wer weiß, vielleicht gehen sie drauf ein?

Von Küsschen aufwachen

Eine Möglichkeit, dein Haustier zu erziehen, besteht darin, ihm beizubringen dir jeden Morgen das Gesicht abzuschlecken. Das könnte mitunter ekelig wirken, aber es funktioniert und du wirst nicht sauer. Über einen kleinen süßen Hund, der nur lieb sein will, kann man sich einfach nicht ärgern.
Wenn du kleinere Geschwister hast, können die dich gegen Bezahlung wecken. Die stehen sowieso immer

vor Sonnenaufgang auf. Es könnte schon ein paar Mark wert sein, dass sie jetzt immer sehr nett zu dir sind. Schließlich können sie sich nicht mit demjenigen streiten, der sie bezahlt.

Schaff dir einen Morgenjob an

Führ für jemanden das Haustier aus oder nimm eine Anstellung als erster Wecker für einen anderen an, dem es schwer fällt aus dem Bett zu kommen. Das hat natürlich zur Folge, dass man noch zeitiger aufstehen muss, aber gegen Bezahlung hält man eine Menge aus.

Unternimm jeden Morgen etwas Lustiges

Komischerweise ist es gar nicht so schwer aus den Federn zu kommen, wenn man eine halbe Stunde später den süßesten Jungen/das süßeste Mädchen der Welt treffen will. Dann springt man schon lange, bevor der Wecker klingelt, glücklich und ein wenig aufgeregt aus dem Bett. Sieh zu, dass du immer irgendetwas Tolles am Laufen hast. Es kann nämlich recht lästig sein sich jeden Abend neue lustige Sachen ausdenken zu müssen. Aber wenn du abends ausreichend lange überlegst, brauchst du auch nicht immer geweckt zu werden. Dann merkst du schon selbst, wenn es wieder hell wird.

Angeekelt aufwachen

Wenn es trotzdem unmöglich ist dich morgens aus dem Bett zu kriegen, dann gibt es nur noch eine Alternative. Schock dich selbst! Sorg dafür, dass jemand, während du schläfst, eine Schweißsocke oder etwas ähnlich Ekeliges auf dein Kopfkissen legt, dann kommst du bestimmt ziemlich schnell raus ...

Wenn von all dem gar nichts funktioniert – schlaf weiter.

Partytipps

Wie man eine sturmfreie Bude und Knutschfeten organisiert

Ein Fest kann das Lustigste sein, was es gibt – etwas, wovon deine Freunde noch jahrelang reden werden. Aber genauso gut kann es ein Fiasko werden. Stell dir vor, du freust dich schon seit Monaten auf Spiele wie »Tat oder Wahrheit«, Spiele im Dunkeln und andere Schocker, und dann stehen deine Eltern parat, um die ganze Party zu überwachen. Ihnen kommen eher das Angelspiel und Popcorn in den Sinn. Nichts gegen Popcorn, aber Knutschfeten laufen einfach nicht mit zwei blöd grinsenden Eltern im Zimmer.
Um also zu einer gelungenen Party zu kommen, muss man die Eltern mit einer List loswerden. Vermutlich muss man ihnen eine gewitzte Lüge auftischen. Eltern lieben es nämlich bei den Feten ihrer Kinder dabei zu sein. Sie haben Sorge, es könnte etwas passieren, über das sie keine Kontrolle haben. Außerdem finden sie es wunderbar lustig alles selbst zu erledigen. Sie mischen sich in deine Planungen ein und wollen alles so machen, wie sie es sich vorstellen.

Vorschlag 1

Lade deine Eltern woandershin ein! Schreib eine Einladungskarte im Namen einer ihrer Freunde. Unterschreib mit dem Namen desjenigen und ende mit »Ihr braucht nicht anzurufen, um euch anzumelden, dies soll nämlich eine Überraschung für meine Frau sein.« Aber achte darauf, dass diese Freunde ein Stück weiter weg wohnen, sonst riskierst du, dass deine Eltern zu früh wieder zurück sind und dass sie darüber hinaus noch nicht genügend Zeit hatten sich zu beruhigen. Haben deine Eltern so richtig nette Freunde, dann kannst du dich mit ihnen verbünden, sodass sie in deinen Streich eingeweiht sind. Auf die Weise kannst du sicher sein, dass deine Eltern nicht zu früh nach Hause geflitzt kommen und stören, wenn das Fest gerade am lustigsten ist.

Vorschlag 2

Locke den Babysitter weg! Deine Eltern sind schon fort, also bereiten sie dir keine Probleme. Aber mit dem Babysitter könnte es schwierig werden. Manche kann man schon mit einer Kinokarte und einem hübschen Mädchen oder Jungen als Begleitung bestechen. Sammle bei deinen Freunden Geld ein und winke vor seinen oder ihren Augen mit der Eintrittskarte. Die meisten beißen an, wenn du versprichst, dass du direkt ins Bett gehst. Sobald der Babysitter weg ist, telefonierst du überall herum, dass die Luft rein ist.

Andere Babysitter zeigen mehr Verantwortungsbewusstsein. Sie scheinen sich fast in Eltern zu verwandeln, nur weil sie sich um dich kümmern sollen. Solche kannst du auf verschiedene Weise überlisten. Es kommt eben darauf an, was es für Typen sind. Ist deine schwerhörige Großmutter als Babysitter da, reicht es vielleicht sie vor den Fernseher zu setzen. Leih einen alten Film aus, vielleicht mit Charles Bronson in der Hauptrolle, und dreh die Lautstärke ordentlich auf. Sie wird wie festgeklebt vor dem Film sitzen und um sich herum keinen Ton hören.

Und schließlich wird sie mit Freudentränen auf den Wangen und Charles Bronson in ihren Gedanken einschlafen.

Ist es dir nun geglückt eine sturmfreie Bude zu organisieren, dann kommt es darauf an, ein Superfest vorzubereiten. Natürlich ist es immer wieder toll das Übliche zu tun, was man auf allen Festen so macht. Aber ein bisschen Abwechslung könnte jede Menge Spaß bringen! Hier sind ein paar Vorschläge:

Das Gespensterfest

Du gibst allen Bescheid, dass sie als Gespenst verkleidet kommen sollen. Das Zimmer wird mit Totenschädeln und Skeletten dekoriert und man bereitet Überraschungen vor, die plötzlich aus dem Schrank gefallen kommen und die Gäste fast zu Tode erschrecken. Man erzählt sich gegenseitig Gruselgeschichten. Die beste wird mit einer Kette als erstem Preis belohnt. Und so weiter. So ein Fest vorzubereiten ist fast genauso lustig wie die Party selbst.

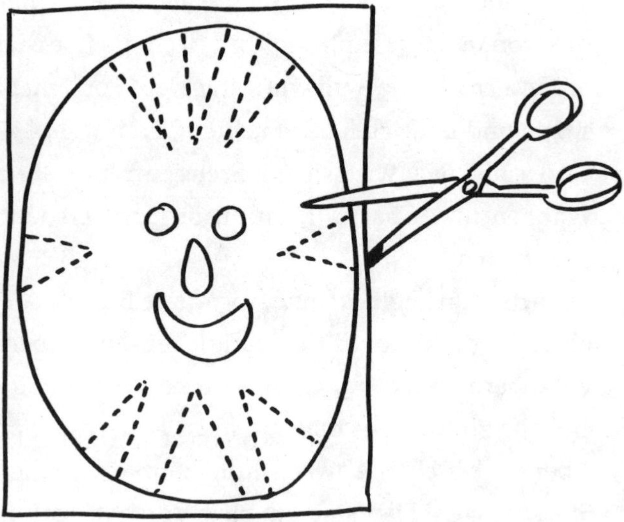

So bastelst du aus Papier eine Spukmaske

Du brauchst:

✓ festes Papier

✓ Farbe

✓ Stift

✓ breites Gummiband

Werkzeug

✓ Messer

✓ Schere

✓ Pinsel

✓ Heftmaschine

Die Maske ist in ungefähr 20 Minuten fertig. Nimm ein Stück festes Papier, das etwa 30 x 40 cm groß ist (A3). Zeichne die ungefähre Größe deines Kopfes auf. Markiere die Augen, die Nase und die Mundöffnung. Schneide Kerben in den Rand, wie es die gestrichelten Linien zeigen. Passt die Maske, wenn du sie über dein Gesicht stülpst, kannst du den Rand mit Heftklammern zusammenheften. Zum Schluss befestigst du das Gummiband. Bemale die Maske so, dass sie so richtig zum

Fürchten aussieht. Rote Farbe und Lippenstift machen sich gut als Blut. Schwarze Ringe um die Augen. Reißzähne. Oder bastle eine Totenkopfmaske.

ABGEHACKTE FINGER auf einem Teller erschrecken wirklich jeden. Stelle sie aus Marzipan her. Lass die Finger ein Stückchen unter einer Serviette hervorschauen. Rote Lebensmittelfarbe dient als Blut an der Stelle, wo der Finger »abgehackt« wurde.

MAGISCHE Bowle garantiert dir Erfolg. Benutze dafür kreischgrüne Lebensmittelfarbe. Um die Bowle zum Dampfen zu bringen und eine mystische Stimmung zu erzeugen, kannst du direkt vor dem Servieren Kohlensäureeis hineinlegen.

Gruseltorte

Mit Nachspeisen kann man gut Leute erschrecken. Normalerweise werden sie in hellen Farben hübsch dekoriert. Mach es genau andersrum. Färbe die Sahne schwarz oder schmücke eine Torte mit Totenkopflakritzen aus dem nächsten Kiosk.

Überraschung

Engagiere jemanden, der beim Fest nicht mitfeiert, um während des Essens zu spuken. Schalte die Sicherung aus, sodass alles kohlrabenschwarz wird. Dann kann der Spuk beginnen. Ein weißes Laken, eine Kette, Schreie vom Band und eine Spur Phantasie sind alles, was man dazu braucht. Wenn die Gäste anfangen zu weinen und nach Hause gehen wollen, ist es an der Zeit das Licht wieder anzumachen. Schieb den Stromausfall darauf, dass das Elektrizitätswerk manchmal bei euch den Strom abdreht, weil ihr eure Stromrechnung nicht rechtzeitig bezahlt.

Die Agentenparty

Alle sollen als Geheimagent verkleidet kommen und sich gegenseitig ausspionieren. Dabei gilt es herauszufinden, aus welchem Land der Agent kommt und wie sein Auftrag lautet. Du kannst die Wände mit Bildern von James Bond dekorieren. Mitteilungen in Geheimschrift und ein Wettbewerb, wer am schnellsten einen Tresor öffnen kann, gehören natür-

lich zum Festarrangement. Schreib die Mitteilungen in einer Zahlengeheimschrift. Jeder Zahl entspricht ein Buchstabe. Eine Eins steht für A, eine Drei für C und so weiter.

Oder erstelle eine Buchstabengeheimschrift. Tausche jeden Buchstaben gegen einen anderen aus. Das geht ganz leicht, indem du das Alphabet zweimal in einer Reihe aufschreibst und diese Reihen untereinander legst. Verschieb die eine Reihe so weit du willst in eine Richtung. Auf diese Weise kriegst du ein fertiges Muster, nach dem du schreiben kannst. Entscheidest du dich für drei Schritte nach rechts, dann steht ein A für ein D, ein H für ein K und ein X für ein A. Zum Beispiel!

Knutschparty

Möchte man eine etwas gewagtere Veranstaltung, kann man mit einer Knutschparty zuschlagen. Aromatisiert eure Lippen mit verschiedenen Gewürzen und geht dann rum und schmeckt die verschiedenen Lippen auf der Party. Das könnt ihr auch im Dunkeln machen, wenn es euch zu unangenehm ist zu wissen, wen ihr küsst. Dies ist ein alter Brauch. Schon die alten Römer kannten vor 2 000 Jahren solche Kusspartys.

Geheimsprachenparty

Dies ist eine andere Art von Party, auf der es darum geht, dass alle in einer Geheimsprache sprechen oder schreiben. Das kann ein totales Chaos geben, weil man nicht einen Pieps von dem versteht, was der andere sagt. Da kann es spannend sein zu versuchen, sich selbst verständlich zu machen und die anderen zu verstehen. Vieles kann man mit Körpersprache ausgleichen, aber längst nicht alles.

Die Räubersprache

Alle Vokale AEIOUÄÖÜ werden normal ausgesprochen. Alle Konsonanten, also der Rest, wird normal ausgesprochen, jedoch mit einem O dazwischen verdoppelt. B wird zu bob, k wird zu kok und so weiter. Heißt du Lars, dann wird daraus in der Räubersprache Lol-a-ror-sos.

I-Sprichi

Verwandle alle Vokale in ein i. Nach einer Weile klingt das ziemlich cool. Funktioniert auch als Ü-Sprüchü oder als O-Sprocho.

Die Fußballsprache

Verabrede mit denen, die die Sprache kennen, einige Kodes. »Fußball« kann zum Beispiel für ein hüb-

sches Mädchen stehen, »Linienrichter« für ein Erbsenhirn, »Torpfosten« heißt, ein Mädchen fragen, ob es mit einem gehen möchte. Und so weiter. Finde deine eigene Sprache. Mit dieser Sprache kannst du herausfinden, was dieser Satz hier heißen soll: »Ich muss wirklich ein Linienrichter sein. Da drüben steht schließlich ein Fußball und ich wage keinen Torpfosten.«

Die Hochzeitsparty

Diese Party kann eine prima Möglichkeit bieten sich demjenigen zu nähern, auf den man ein Auge geworfen hat. Organisiere eine prachtvolle Witz-Hochzeit, bei der einer den Priester spielt und andere die Trauzeugen. Gucke dir ein Paar aus, das zusammenpasst. Achte darauf, dass du auch in der Gruppe bist, die das Hochzeitspaar aussucht, sodass du dich selbst deinem Favoriten zuteilen kannst. Hier bietet sich eine prima Gelegenheit denjenigen zu küssen – beim Brautkuss.

Jungen/Mädchen-Fest

Manchmal kann es auch praktisch sein, ohne das andere Geschlecht zu feiern. Versammle alle Jungen und rede mit ihnen nur über Dinge, die Jungen interessieren: Autos, Mädchen, Fußball und so weiter. Genauso kannst du es machen, wenn du ein Mädchen bist, nur eben mit Mädchen.
Es gibt tausend Themen, die sich für eine Party anbieten. Überlege selbst und überrasche die Partygäste mit etwas ganz Neuem.

Unnützes leckeres Essen

Wie man sich in null Komma nichts einen feinen Schmaus zusammenrührt

Wenn man ausgehungert aus der Schule kommt und zu Hause den Kühlschrank leer vorfindet, ist das der reinste Horror.
Bestimmt hat das jeder schon einmal erlebt.
Dann bedeutet es die letzte Rettung, ein gutes Rezept in petto zu haben. Hier zeigen wir euch einige, die man alle superleicht zusammenwürfeln kann. Keins von diesen Rezepten erfordert besonders viel Zeit für die Zubereitung. Und keins ist besonders nahrhaft. Aber lecker . . .

Süße Nascherei

Zutaten:

✓ 150 g Zucker

✓ 2 EL feine Haferflocken

✓ 100 g Butter

Und so wird's gemacht:

Zerlasse die Butter in einer Kasserolle.

Gib die Haferflocken dazu und vermische beides gut.

Gib den Zucker dazu und rühre um (die Butter soll vom Zucker vollständig aufgenommen werden).

Gib den Brei in eine Schüssel und lass ihn ein wenig abkühlen.

Fertig! Halte am besten ein Glas Wasser parat. Von diesem Naschzeug kriegt man Durst!

Frucht-Drink

Zutaten:

✓ 100 ml Milch

✓ 2 Kugeln Vanilleeis

✓ 150 g Beeren (funktioniert gut mit Himbeeren, Erdbeeren, Blaubeeren, Johannisbeeren, Bananen . . .)

Verquirle alle Zutaten mit dem Handmixer oder in einem Mixbecher. Direkt servieren.

Mintschokoladen-Happen

Zutaten:

✓ ca. 30 Stücke Zartbitterschokolade

✓ 1 Tropfen Pfefferminzöl

✓ ca. 15 Haselnüsse

Nüsse zerhacken. Schokolade im Wasserbad schmelzen lassen. (Setze eine Metallschüssel in einen Topf mit Wasser und erhitze das Wasser bis zum Sieden, so schmilzt die Schokolade.) Gib das Pfefferminzöl und die Nüsse hinein. Vermische alles gut. Gib von dieser Masse mit einem Teelöffel Kleckse auf Backpapier. Erkalten lassen.

Kladdkaka

Zutaten:

✓ 2 Eier

✓ 200 g Zucker

✓ 1 TL Vanillezucker

✓ 3 EL Kakao

✓ ca. ¼ TL Salz

✓ 100 g Mehl

✓ 100 g geschmolzene Butter oder Margarine

Vermische alle Zutaten miteinander und gib sie in eine feuerfeste Form, die du vorher eingefettet hast. Streu gehackte Nüsse darauf. Stell die Form in den vorgeheizten Ofen (200 Grad). Nimm den Kuchen nach etwa 25 Minuten heraus. Kontrolliere mit einem Zahnstocher, ob der Kuchen fertig ist. Wenn der Teig nicht an dem Hölzchen kleben bleibt, ist er fertig.

Mintschokoladen-Drink

Bereite dir ein Glas mit kaltem Kakao zu. Gib ein Wick-blau-Bonbon hinein und warte eine Weile.
Ist der Mint- Geschmack noch zu schwach, gib noch ein Bonbon hinein.

Eismuffins

Zutaten:

- ✓ Muffins
- ✓ Erdbeeren, Himbeeren oder Beerenkompott
- ✓ Eis (alle Sorten passen)
- ✓ Eier
- ✓ Zucker

Teile die Muffins in Hälften (zwei Hälften pro Person sind ausreichend). Gib etwas Kompott oder Beeren auf die Hälften. Gib Eis darüber. Trenne die Eier und stell das Eigelb weg (ein Ei für zwei Hälften). Schlag das Eiweiß mit dem Handmixer zu Schnee. Rühr den Zucker vorsichtig unter (1 EL pro Eiweiß). Bedecke das Eis mit Eischnee. Für fünf Minuten hinein in den Ofen mit allem (bei 150 Grad). Nimm die Muffins heraus, wenn das Eiweiß langsam Farbe bekommt.

Schokoladenbällchen

Zutaten:

✓ 100 g Margarine oder Butter

✓ 100 g Vanillezucker

✓ 3 EL Kakao

✓ 2 EL Wasser

✓ 120–180 g feine Haferflocken

Mische alle Zutaten. Rolle kleine Kugeln in Schokostreuseln oder Krokant.

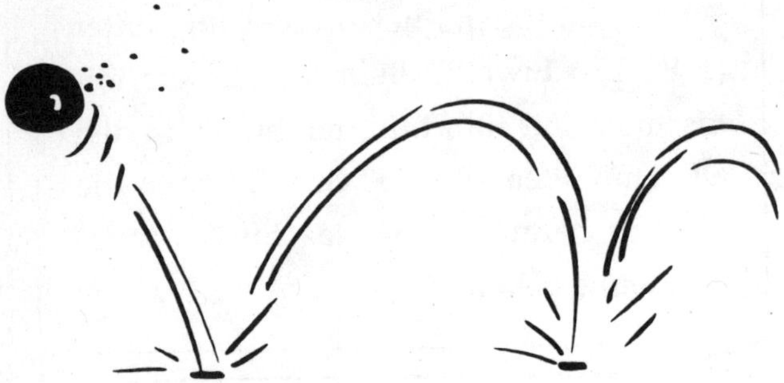

Blitzkaramel

Zutaten:

✓ ¾ EL Mehl
✓ 1 TL Kakao
✓ 2 EL Butter
✓ 2–3 EL Zucker
✓ 3–4 EL Honig

Und so wird's gemacht: Gib alle Zutaten in einen Topf oder in einen tiefen Teller. Lass alles im Mikrowellenofen oder im normalen Ofen schmelzen. Gib die Masse zwischen zwei Blätter Butterbrotpapier. Stell sie für 20–40 Minuten in den Kühlschrank. Dann kannst du sie in Stückchen schneiden. Fertig.

Honigbonbons

Zutaten:

✓ 100 ml Schlagsahne

✓ 100 ml Honig

✓ 75 g Zucker

Und so wird's gemacht: Mische alle Zutaten in einem Topf. Koche sie zehn Minuten, bis die Masse dunkelbraun wird. Dabei musst du die ganze Zeit rühren. Gieß die Masse auf eine Platte. Warte mit dem Essen, bis die Masse ausgekühlt ist.

Originelle Geschenke leicht gemacht

Wie man noch in letzter Minute
ein Geschenk organisiert

Nichts ist schlimmer, als wenn einem, kurz vor einer Geburtstagsparty, einfällt, dass man kein Geschenk gekauft hat! Hier kommt die Rettung für alle Vergesslichen. Und für diejenigen, die etwas Besonderes hergeben möchten. Etwas, an das man sich noch jahrelang erinnern wird. Nicht die übliche CD oder das übliche Buch.

Verschenk ein Stück von dir selbst

Deine Hände

In Hollywood dürfen die Filmstars ihre Handabdrücke in den Asphalt setzen. Ihre Fans kommen von der ganzen Erdkugel angereist, um ihre eigenen Hände mit denen von Marilyn Monroe oder Elvis Presley zu vergleichen. Auch wenn du es noch nicht bis zum Filmstar gebracht hast, so kannst du doch jederzeit deine Handabdrücke verschenken. Vielleicht sind sie eines Tages Millionen wert!

Und so wird's gemacht: Kaufe dir Gipspulver. Vermische es nach Gebrauchsanweisung mit Wasser.

Gieß die Gipsmasse in einen Pappteller. Sobald die Masse anfängt fest zu werden, drückt man vorsichtig seine Hände auf die Oberfläche. So musst du sie einige Minuten halten, bis die Masse fest geworden ist. Sorge dafür, dass du an der Rückseite ein Loch aussparst, wo man einen Nagel einhaken kann, den man in die Wand geschlagen hat.
Besorg dir vielleicht noch einen Bilderrahmen und spanne deinen Händeabdruck mit Bindfäden hinein.

Wenn du willst, kannst du deine Handabdrücke mit hübschen Farben anmalen. Mit einem Hand-Bild ist dir der Erfolg garantiert.
Man kann auch Fußabdrücke, Nasenabdrücke, Abdrücke von einem Ohr oder davon machen, was du für das absolut Schönste an dir hältst, was du von dir selbst verschenken kannst.

Party-Kaktus

In gewissen Situationen kann es von Vorteil sein viele Süßigkeiten und einen gut gefüllten Kühlschrank zu haben. Einen Party-Kaktus schmeißt du in wenigen Minuten zusammen, wenn du die richtigen Zutaten zu Hause hast. Aber man wird sich bestimmt noch nach Jahren daran erinnern und ihn nachmachen.
Und so wird's gemacht: Reinige einen kleinen Blumentopf, fülle ihn mit Lakritz, salzigem Weingummi oder etwas anderem Schwarzen, das aussieht wie Erde. Drücke eine Gurke in den Topf. Spicke die Gurke mit Zahnstochern. Spieße Geleehimbeeren auf die Zahnstocher. Einfach, lecker und schön!

Cooler Schmuck

Man sollte immer seiner Zeit voraus sein. Es ist schwer der Mode zu folgen. Deswegen sollte man neue Trends erfinden. Wenn du Klipps zu Hause hast (kann man in Bastelgeschäften kaufen), so kannst du alles Mögliche daran hängen. Am allercoolsten ist es, wenn du etwas findest, was man normalerweise absolut nicht am Ohr trägt. Zum Beispiel eine Schraube, einen Autoschlüssel, ein Daim (Ohrenanknabbergefahr!) oder ein Radiergummi. Wenn das Geburtstagskind solche Art von Geschenken nicht mag, dann befestige etwas Schönes aus dem Wald an dem Klipp: ein buntes Blatt, einen getrockneten Pilz oder einen kleinen Tannenzapfen.

Ein magisches Präsent

Gerätst du in eine Krise? Hast du nur noch wenige Minuten, bis der Bus abfährt, als du gemerkt hast, dass du noch ein Geschenk haben musst? Dann ist Einfallsreichtum gefragt. Schnapp dir das nächstbeste Stöckchen und wickle es in schönes Papier ein. Dann denk dir eine spannende Geschichte darüber aus, wie solche Stöckchen von Stammeshäuptlingen in gewissen Teilen Polynesiens benutzt werden. Dass das Stöckchen seinen Besitzer reich und berühmt machen kann, wenn er es schwingt, und dass gerade dieses Stöckchen schon viel erlebt hat. Dass es von einer ausgestorbenen Baumsorte stammt, dass man das magische Häuptlingswort kennen muss, um es anwenden zu können. Flüstere so, dass nur das Geburtstagskind es hört:
»Kaaaaaaazzzzabaaaakuuuutaaaala, swoooooong.«
Und so weiter. Je mehr dir einfällt, desto besser. Dieses Geschenk funktioniert nur, wenn man gut im Geschichtenerfinden ist und sich gut verstellen kann.

Schöne Bonbon-Dosen

Sammle Papierchen von Süßigkeiten in verschiedenen Farben. Schneide kleine Vierecke aus und klebe sie auf verschiedene Sorten von Dosen. Große und kleine. Wenn du richtig großzügig bist, dann fülle die Dosen mit den Süßigkeiten, die in den Papieren waren.

Eislaterne mitten im Sommer

In vielen Gegenden in unserem Land gibt es im Winter kaum Schnee. Dort ist es schwer Schneelaternen zu bauen. Das Einzige aber, was du brauchst, um diese Geschenkeislaterne herzustellen, ist: eine Gefriertruhe, eine Schüssel, Wasser und eine Kerze.

Eine Eislaterne zu verschenken erfordert ein bisschen Mut. Schließlich ist es kein Geschenk, das besonders lange hält. Jedenfalls nicht bei Zimmertemperatur. Aber während der ganzen Party ist es schön anzuschauen.

Und so wird's gemacht: Füll die Schüssel zur Hälfte mit Wasser. Stelle sie für ein bis zwei Tage in die Gefriertruhe. Dann fülle die Schüssel fast bis zum Rand mit Wasser. Stelle in die Mitte eine Dose, die

du mit einem Stein beschwerst, so entsteht ein Hohlraum. Gib die Schüssel wieder in die Gefriertruhe, bis das Eis fest ist. Dann entferne Dose und Schüssel vom Eisblock. Dreh den Eisblock um. Platziere ein Teelicht in die Öffnung unter der Eiskuppel, sodass Luft hereinströmt und die Flamme brennen kann.

Superkrisengeschenk

Ist dir etwa gerade, als du vor der Haustür stehst und klingeln willst, erst eingefallen, dass du ein Geschenk vergessen hast? Bewahre die Ruhe. Setze eine gute Miene auf und erkläre, dass du nur das Geschenk im Zimmer des Geburtstagskindes auspacken willst, aber erst musst du noch zur Toilette gehen. Auf der Toilette mopst du dir eine leere Klopapierrolle, dann schleichst du dich am Esstisch vorbei und nimmst ein paar Servietten mit. Dann machst du Folgendes: Falte eine Serviette an der Diagonalen, knicke die Spitze um und falte die Spitzen zur Mitte. Knicke die Serviette dann so, dass sich zwei Ohren bilden, die leicht wippen. Stopfe das Ohrenpapier in die Rolle, sodass es oben herausschaut. Dann schau schnell im Zimmer deines Freundes nach Farbe und Pinsel. Male mit einer schönen Farbe Augen, Nase und Mund auf die Rolle. Dann schneide ein paar Haare vom Pinsel ab und benutze sie als neckische Barthaare. Fertig ist das Geburtstagshäschen!

Eingepackte Wurst

Dies ist ein Geschenk für einen Freund, der gerne Wurst isst und einen Spaß versteht. Mache zu Hause ein paar Würstchen heiß. Stecke sie in eine Thermoskanne mit heißem Wasser. Das wirkt vielleicht nicht

gerade wie ein wahnsinnig cooles Geschenk, aber glaub mir, alle werden sich über Würstchen in einer Thermoskanne sehr wundern. Irgendwie gehören sie ja nicht dort hinein. Der Erfolg ist garantiert. Packe ein paar Hotdog-Brötchen hübsch ein und überreiche sie dazu.

Inhaltsverzeichnis